로크미디어가
유혹하는
재미있는 세상

# 이것이 법이다

# 이것이 법이다 38

2018년 6월 28일 초판 1쇄 인쇄
2018년 7월  3일 초판 1쇄 발행

**지은이** 자카예프
**발행인** 이종주

**기획 팀** 이기헌 왕소현 박경무 이승제
**책임 편집** 최전경

**발행처** (주)로크미디어
**출판등록** 2003년 3월 24일
**주소** 서울시 마포구 성암로 330 DMC첨단산업센터 3층 314호
**Tel** (02)3273-5135 **Fax** (02)3273-5134
**홈페이지** rokmedia.com **E-mail** rokmedia@empas.com

값 8,000원

ISBN 979-11-294-0821-1 (38권)
ISBN 979-11-255-9575-5 04810 (세트)

# 이것이 법이다

## 38

자카예프 장편소설

로크미디어

# CONTENTS

고래 사냥

"요즘은 날씨가 쌀쌀하네요?"

"이제 슬슬 겨울로 들어가니까요."

재판을 마치고 들어오는 길에 무태식과 김성식은 부르르 떨었다.

덥다 덥다 하면서 다닌 게 바로 얼마 전 같은데 벌써 날씨가 춥다 춥다 소리가 날 정도로 서늘해졌기 때문이다.

"이런 날씨가 참 골치 아파요. 더 입으면 낮에는 덥고 안 입으면 밤에는 춥고."

"감기 걸리기 딱 좋은 날씨죠. 그나저나 이런 날씨에 고생 좀 하겠네요."

"그러게 말입니다."

오늘 재판을 받은 사람은 노형진이 노력한 덕분에 벌금으로 끝나기는 했지만 애석하게도 그걸 낼 돈이 없었다.

"어쩔 수 없이 노역으로 때워야지요."

"골 때리는군요. 노역하면 먹고살기도 힘든데."

"그러게 말입니다. 이놈의 나라는 힘든 사람을 더 힘들게 하네요. 어지간하면 집유해 주지."

"요즘 정부가 돈이 없다는 소리가 있던데요?"

엄밀하게 말하면 집유가 벌금보다 더 강한 벌이지만, 없는 사람에게는 벌금이 더 타격이 크다.

"그래요? 도대체 뭔 짓을 하는 건지."

"저야 모르죠."

노형진은 그렇게 말하면서 어깨를 으쓱했다.

물론 그들이 무슨 짓거리를 하는지 안다.

하지만 자신이 멈출 수 있는 것도 아니다. 돈이 있다고 해도 결국 현실은 시궁창인 것이다.

"일단은 들어가서 이야기하죠. 이런 피해자들을 어떻게든 구제할 방법을…… 응?"

그런데 그들이 막 사무실로 들어갈 때였다.

평소와는 다른 모습이 건물의 로비에서 벌어지고 있었다.

"이 애들은 뭐야?"

"무슨 일입니까?"

로비를 가득 메운 아이들.

족히 서른 명은 되어 보이는 아이들이 뭉쳐 서 있었다.

초등학생으로 보이는 남학생들이었다.

"아, 노 변호사님."

"무슨 일입니까, 수혜 씨?"

안내를 담당하는 수혜는 곤란한 얼굴이 되었다.

"애들이 의뢰를 한다고 다짜고짜 와서요."

"의뢰? 아니, 아무리 봐도 초등학교 한 3학년이나 될 만한 애들인데요?"

"네, 그런데 이렇게 몰려왔네요."

"흠…… 의뢰라…… ."

"애들 장난 받아 줄 시간은 없는데요."

무태식은 기가 막히다는 듯 아이들을 바라보았다.

"장난하러 여기까지 오지는 않았을 텐데요?"

"그런가요?"

"그리고 애초에 일을 맡기려고 한다는 것 자체가 장난은 아니죠."

"제가 실수했군요. 하지만 애들이 무슨 일인지 모르겠네요. 우리가 맡아 주고 싶다고 할 수 있는 것도 아닌데."

"그건 그렇죠."

무슨 중학생이나 고등학생도 아니고 초등학생, 그것도 3~4학년쯤 되어 보이는 아이들의 일을 무단으로 일을 담당할 수는 없다.

법정대리인, 즉 부모의 동의가 있어야 한다.

"설명을 해 줬는데도 안 가요."

"부모님이랑 와야 한다고 해도요?"

"네. 부모님한테 소송을 걸어야 하는 거라나?"

"네?"

노형진은 아이들을 바라보았다.

'아동 학대?'

일말의 가능성을 가지고 봤지만 아무리 봐도 그건 아니었다.

'키도 정상적이고 살도 찐 편이고 옷도 깔끔해. 아동 학대의 증후는 안 보이는데.'

그렇다면 부모가 싫다고 그냥 소송하겠다고 온 걸까?

'그건 아닌 것 같은데.'

물론 그런 철없는 생각을 하는 아이들이 없는 것은 아니다.

그냥 부모가 싫어서, 부모에게 반항하고 싶어서, 어떻게 해서든 집에서 일탈하고 싶어서 소송하겠다고 하는 애들도 아주 가끔은 있다.

하지만 대부분 그저 상상으로 끝날 뿐이고, 결국 소송은커녕 부모에게 끌려가서 뒈지게 혼나고 만다.

'더군다나 한 명도 아니고 족히 서른 명은 되어 보이는데.'

"누가 한다고 하니 친구라고 따라온 거 아닐까요?"

노형진과 비슷한 생각을 한 무태식이 그렇게 말하자 수혜가 고개를 흔들었다.

"아니요. 다 맡긴대요."

"엥?"

그렇다는 건 무려 의뢰인이 서른 명이 된다는 뜻이니 대형 사건이 된다.

"애들이 그냥 와서 하려고 하는 건 아닌 것 같고, 무슨 일인데요?"

"그게……."

왠지 말을 못 하고 배시시 웃는 수혜.

"말하기가 좀……. 그냥 무시하셔도 돼요."

"네?"

수혜의 얼굴을 보니 진짜 별거 아닌 것 같기는 했다.

"그래도 한 번은 이야기를 들어 봐야지요."

"진짜 별거 아니에요. 그냥 제가 말해서 돌려보낼 테니 노변호사님은 들어가세요. 사건도 많으신데."

"이것도 사건입니다. 애들 말이라고 무시하다가 큰일 터지면 어쩝니까? 아동 성범죄 같은 것도 결국은 그러다가 큰일 나는 겁니다."

"그런 건 아닌데……."

수혜는 잠깐 애들을 보다가 한숨을 쉬었다.

노형진의 성격상 납득하지 않으면 올라가지 않을 거라는 걸 알기에 그녀로서는 그냥 말하는 게 나을 거라는 생각이 들었다.

하긴, 자신이 생각해도 터무니없는 사건인데 누가 이걸 담당하겠는가?

들어 보니 벌써 여러 곳에서 쫓겨나서 여기까지 온 모양인데.

"얘들은 그냥 겁먹어서 그래요."

"겁?"

"네."

"무슨 일인데요? 아이들이 겁을 먹어서 변호사까지 찾을 정도면 보통 일은 아닌데."

"그게…… 좀 멋쩍은 일인데……."

잠깐 침묵을 지키던 수혜는 결국 상황을 이야기했다.

"고래 잡는다고……."

"고래요? 고래를 왜 잡아요? 애들을 포경선에 팔기라도 한답니까?"

노형진은 순간적으로 이해하지 못하고 고개를 갸웃했다.

애초에 포경선은 그다지 많지도 않고 또 일이 힘들어서 애들은 할 수 없다.

더군다나 포경 자체가 국제적으로도, 한국에서도 불법이다.

"그게 아니라……."

왠지 어색해하는 수혜.

그걸 본 무태식이 먼저 알아들었다.

"고래? 아! 포경!"

"포경선이 있습니까?"

"하하하하, 아닙니다, 아니에요. 그 포경이 아니라 다른 포경 말입니다. 포경수술 말이에요, 포경수술."

"포경수술? 아아아!"

고래 잡는다는 표현 자체가 동음이의어를 이용한 장난일 뿐이다.

포경수술이란 남자의 성기의 표피를 잘라 내는, 널리 진행되는 수술이다.

"네. 이야기를 들어 보니 친구 중 한 명이 그걸 하고는 아파하는 걸 본 모양이에요. 그런데 부모들이 그걸 시키려는 걸 알고 겁먹고 막아 달라고 온 거예요."

"난 또 뭐라고. 하긴, 그럴 만하기는 하지."

무태식은 피식 웃었다.

하긴, 겁먹을 만하다.

남자의 성기는 무척이나 예민한 부위이고, 한번 수술을 하면 한 달 정도는 지옥에서 산다고 할 만큼 고통스럽다.

아니, 한 달도 짧은 기간이고 그나마 익숙해지는 기간이 그 정도인 거지, 길게는 세 달까지 은근히 고통스럽다.

"이놈들! 별 쓸데없는 걸로 변호사 아저씨들을 귀찮게 해?"

무태식이 장난스럽게 말하자 아이들은 다소 우울한 얼굴이 되었다.

그럴 수밖에 없는 게, 수혜의 말에 따르면 이미 여러 곳을 거쳐서 여기까지 온 모양이니까.

"우우우."

"우리는 하기 싫어요!"

"진짜로 하기 싫다고요."

"그게 다 어른이 되는 과정이야."

싫다고 투덜거리는 아이들에게 한 소리 하는 무태식.

"너희들도 이제 어른이 되어야지."

"하지만 아픈걸요."

"난 아픈 게 진짜 싫어!"

어떤 아이는 진짜 겁먹었는지 눈물까지 뚝뚝 흘렸다.

"왜 그렇게 싫어하는 건데?"

"우리 친구가 실려 갔단 말이에요."

"실려 가?"

"우리가 장난삼아서 툭 쳤는데……."

"웁스……."

포경수술을 하고 그곳의 신경이 익숙해질 때까지 그 고통은 말로 못 할 정도다. 그래서 포경수술을 하면 거기에 종이컵을 씌워서 접촉을 막기도 한다.

그만큼 아픈 건데 그걸 누군가 쳤다면…….

'실려 갈 만하지.'

같은 남자로서 고통을 이해하는 노형진은 고개를 끄덕거렸다.

"이 녀석아, 그렇다고 그걸 안 해? 그걸 해야 어른이 되는 거야."

"우우우."

아이들은 울 것 같은 표정으로 무태식을 바라보았다.

다들 그런 이야기만 하기 때문에 절망하고 있는 것이다.

'그걸 가지고 절망이라…….'

노형진은 그걸 보고는 피식하고 웃었다.

자기들에게는 과거이고 또 지나간 일이라 웃을 수 있지만 저 아이들은 공포스러워서 죽을 것 같은 기분일 것이다.

'뭐, 황당한 사건이기는 한데.'

확실히 자신이 끼어들 정도는 아니다.

'하지만 해 보는 것도 나쁘지 않겠는걸.'

다행히 중요한 사건도 없는 상황이고 이렇게 재미있는 사건도 드물기 때문에 노형진은 가벼운 마음으로 해 볼까 하는 생각이 들었다.

"혹시 핸드폰 가지고 있는 사람?"

"네?"

"이 일에 대해서는 다른 사람들이랑 이야기해 봐야겠지만, 일단 결과가 나오면 전화해 주려고 그러지."

"진짜요? 아저씨, 진짜로 전화해 줄 거예요?"

"확정된 건 아니지만 일단은 이 아저…… 아니, 이 형이 이야기해 보마."

"아저씨 만세!"

"형이라니까."

노형진의 말에 무태식은 당황스러운 얼굴이 되었다.

"진심이십니까?"

"네, 진심입니다."

"하지만 고작 포경수술인데요?"

"고작이기는 하지만 우리가 의뢰인이 얼마나 고통받는지 주관적으로 판단할 이유는 없지 않습니까?"

"그거야 그렇지만……."

남이 봐서는 별거 아닌 일일 수 있지만 자신에게는 큰일일 수 있는 게 바로 인생이다.

그걸 자신들이 판단한다면 진짜 힘든 사람들은 누구에게 간단 말인가?

"하지만 이건 진짜 별거 아닌 사건인데. 고작 이런 걸 우리가 할 필요가 있나요?"

"가끔은 이런 재미있는 사건도 있어야지요. 맨날 무겁고 어렵고 짜증 나는 사건만 하면 재미없잖아요? 작은 사건이라고 아무도 안 하면 결국 그 사람만 피해 보는 겁니다."

노형진이 씩 웃으며 말하자 무태식은 이해가 갔다.

그가 자신에게 했던 말이 떠올랐기 때문이다.

"작은 사건이란 없다 이건가요?"

"네, 작은 사건이란 없죠. 누군가에는 하늘이 무너질 것 같은 일이니까 변호사를 찾는 겁니다."

노형진의 말을 다시 한 번 되새기는 무태식이었다.

⚖️

"포경이라……. 하긴, 우리 때도 했지."

송정한은 왠지 추억이 어린 얼굴이 되었다.

"그때는 짜장면에 속아서 갔지."

"짜장면?"

손채림은 고개를 갸웃했다.

짜장면과 포경이 무슨 관련이 있단 말인가?

"아이들이 포경하러 가자고 하면 안 가니까 속여서 데리고 가는 거야. 그거 수술하고 짜장면으로 퉁 치는 거지."

"헐."

"아, 대표님 때는 짜장면이었나요? 저 때는 돈가스였는데요."

무태식도 피식거리면서 웃었다.

"그러면 요즘은 피자로 하겠군요."

손예은의 말에 모두의 시선이 그쪽으로 향했다.

그런데 그녀의 표정은 아주 진지했다.

"농담인가?"

"농담이 아닙니다. 짜장면에서 돈가스라면 물가와 식생활 변화에 따라서 선호 음식이 바뀐 걸 감안한 것이니, 지금쯤 피자 정도는 되어야 하지 않을까요?"

"그건 농담으로 해야 재미있는데."

"전 아저씨 농담은 안 합니다."

노형진은 속으로 웃었다.

하긴, 그녀가 농담을 한다는 것 자체가 어색한 일이기는 하다.

"어찌 되었건 중요한 건, 남자아이들은 그 나이에 수술을 한다는 뜻이군요."

"딱 그럴 때지."

너무 어려서 하면 성장하는 중이라 애매하고, 너무 나이 먹어서 하면 더 아파진다.

남자가 클수록 아플 수밖에 없는 게, 더 예민해지는 데다가 성인이 되면 아침마다 자동 발기가 되는데 수술 후 발기는 단순히 아픈 게 문제가 아니라 실밥이 풀어져서 재수술의 위험성도 있기 때문이다.

"더군다나 날씨도 슬슬 선선해지고 있으니."

날씨가 선선하면 확실히 여름보다 세균이 덜 증식하니 보통 그 나이에 많이 수술하고는 한다.

"딱히 문제가 될 건 없어 보이는데? 노 변호사, 자네는 왜 이걸 하겠다고 하는 건가?"

송정한은 그게 궁금했다.

노형진이 사건을 담당하겠다고 회의를 소집해 달라고 하는 경우는 드물다.

그런 사건들은 사회적으로 큰 영향을 발휘하거나 상대방이 힘을 가진 녀석들인 경우가 대부분이었다.

그런데 이번 사건은 사회적으로 파장이 큰 것도, 상대방이 힘을 가진 사람인 것도 아니다.

"이게 소송거리가 될 만한 일인가?"

"충분히 될 만한 일입니다. 포경이라고 하지만 실익은 없지요. 그런데 단순 이득 문제를 떠나서, 다른 시점에서 생각해 보면 됩니다."

"다른 시점?"

"만일 이게 단순 포경이 아니라 부모들이 아이의 신장 중하나를 떼어서 팔려고 하는 거라면 어떻겠습니까?"

다들 얼굴이 딱딱해졌다.

그건 명백하게 범죄다. 당연히 벌어져서는 안 되는 일이고 말이다.

"그게 무슨 말인가? 신장이라니. 그게 무슨 말도 안 되는 소리야?"

"말이 안 되는 소리 같죠? 하지만 사실 이 포경수술이라는 건 그거랑 비슷합니다. 강도가 약하다는 것과 생존에 큰 영향을 안 준다는 것 자체만 빼고 말이죠."

"뭐? 그게 무슨 소리인가? 비슷한 거라니?"

"포경수술은 특수한 몇몇 경우를 제외하고는 쓸데없는 수술이죠."

"뭐라고?"

다들 어리둥절한 표정이 되었다.

그럴 수밖에 없는 게, 이들은 포경이라는 것을 자연스럽게 접했고 해야 하는 걸로 알고 있는 세대였다. 그런데 포경이 필요 없는 수술이라니?

"사실…… 필요 없는 정도가 아니라 마이너스에 가까운 수술입니다. 의학적으로 보면 포경수술은 얻는 것보다는 잃는 게 더 많으니까요."

"그게 무슨 말인가?"

"말 그대로입니다."

포경수술은 삶에 어떤 영향을 주는 수술이 아니다.

도리어 나쁜 영향을 주면 줬지, 좋은 영향을 주는 경우는 드물다.

하지만 이상하게 대한민국은 포경수술을 하지 않으면 이상한 놈 취급하는 문화가 있어서 그걸 하는 사람이 많을 뿐.

"결국은 부모들이 잘못된 선택으로 아이들에게 신체적인 위해를 가한다는 점에서는 신장을 떼어 파는 것과 하등 다를 바 없지요."

"그럼 포경이 아무런 효과도 없다는 건가?"

"네."

"하지만 위생적으로는……."

"그러니까 속으신 겁니다. 말도 안 되는 개소리죠. 그럴듯

하지만 전혀 그렇지 않은 겁니다. 한국에서 포경수술을 한 사람들의 숫자는 80% 정도 되지요. 상식적으로 포경이 위생적으로 안 좋으면, 수술을 하지 않은 20%는 성 질환으로 죽었어야 정상이게요?"

"흠……."

"그냥 돈벌이에 놀아난 겁니다. 수술을 권하려고 개소리하는 건 역사적일 정도지요."

"역사적까지야……."

"실제로도 역사적입니다. 포경수술의 역사를 보면 어이가 없어서 말이 안 나와요."

실제로도 역사적으로 포경수술을 하면 좋은 점이라고 홍보하는 방식은 여전한데 다만 그 대상이 달라질 뿐이었다.

"1860년대까지만 해도 포경수술을 하면 요실금과 게으름 그리고 마비와 정신이상, 심지어 관절염까지 막을 수 있다는 소리를 했지요."

"하지만 그거야 기술이 발달이 안 되어서……."

"그때뿐만이 아닙니다."

1870년대에는 두통과 백치, 방광염, 심지어 간질과 절름발이까지 막을 수 있다고 했으며, 1980년대에는 예방할 수 있는 대상에 소화불량과 심장병 그리고 당뇨까지 포함되었다.

"기술이 발달한다고 해서 그게 나아질 것 같은가요?"

애석하게도 기술이 발달하고 의학이 발달하면서 저런 개

소리는 아무도 안 믿게 되었지만 여전히 비슷한 방식으로 홍보를 많이 한다.

"1980년대 이후에는 음경암과 자궁 경부암 그리고 요로 감염과 신부전을 막을 수 있다고 했지요. 그리고 1970년대까지는 자위행위를 막는 게 목적이었습니다. 현재는 에이즈까지 막을 수 있다고 주장하는 사람도 있죠."

"크흠……."

"음, 여자들이 있는데 그런 건……."

"일입니다."

송정한이 약간 불편해하자 손예은은 딱 잘라서 선을 그었다.

"일은 일일 뿐이니 계속하십시오."

그에 반해 손채림은 히죽거리면서 웃었다.

"완전 재미있는데요?"

"뭐, 두 사람도 별말을 안 하니 계속하겠습니다. 조금이라도 과학적 상식이 있으면 말도 안 되는 소리입니다."

암이라는 것은 세포의 변이 문제지 세균의 문제가 아니다.

그리고 포경으로 에이즈를 막을 수 있으면 종교적으로 포경이 의무화된 이슬람 국가들에는 에이즈 환자 자체가 존재해서는 안 된다.

더군다나 일부 학설 정도이고 실제로 과학적 결과는 없는 상황이다. 도리어 반대 연구 결과가 있을 정도로 제대로 조사가 안 된 것이 바로 포경이 암을 막는다는 것이다.

"한국은 이슬람 국가를 제외하고는 유일하게 포경률이 80%를 넘는 국가입니다. 한국의 쏠림 문화가 그 원인이죠."

한국은 뭐가 좋다고 하면 알아보지도 않고 그쪽으로 간다. 그리고 그걸 부정하는 사람을 병신 취급한다.

"흠……."

"전 세계적으로 보면 포경수술을 한 사람보다 포경수술을 안 한 사람이 더 많습니다. 그러면 그들은 이미 죽거나 멸종했어야 합니다. 아니, 애초에 가장 가까운 일본만 봐도 그곳은 포경률이 5%대 미만입니다. 그러면 일본 사람들이 매일같이 질병으로 죽어 가겠군요?"

하지만 일본인들은 전 세계적으로 유명한 장수 국가 중 하나다.

"우리 때는 그게 당연하다고 배웠는데."

"제가 바꾸고자 하는 건 그거입니다. 당연한 게 아니에요. 의학적으로 수술을 해야 하는 사람은 1% 미만입니다. 나머지는 의미가 없지요."

"하지만 왜 그런 걸 강제로 시킨단 말인가?"

노형진의 말대로라면 그걸 할 이유가 없다. 그런데 왜 우리나라 부모들은 강제로 시키는 것일까?

그 이유는 너무 간단했다.

"결국은 이거죠."

손가락을 까딱거리면서 엄지와 검지를 문지르는 노형진.

그리고 그 뜻을 다른 사람들은 다 알고 있었다.

"돈? 돈 말인가?"

"네, 대한민국의 절반이 남자입니다. 그리고 그들이 모두 포경수술을 한다고 하면 그 돈이 얼마겠습니까? 포경수술 비용은 최하 30만 원 정도 하지요. 비싼 곳은 50만 원도 하고요."

포경수술은 비급여다.

즉, 정부에서 의료보험으로 잡아 둔 게 아니기 때문에 그대로 자기 돈이 된다.

"거기에다 포경수술 자체는 간단한 수술입니다. 사실 전문가인 의사의 입장에서는, 빠르면 10분이나 걸리려나요?"

"음……."

"한 해에 47만 명의 사람이 출생합니다. 간단하게 계산해서 그중 절반이 남아라고 하면 그 아이들이 성장해서 모두 수술을 한다면 24만쯤 되겠군요. 남아가 살짝 비율이 높으니까요."

"한 해에…… 720억?"

그걸 계산한 송정한은 깜짝 놀랐다.

아무것도 안 하고 기다렸다가 수술만 해 줬는데도 한 해 720억 시장이 생긴 것이다.

"네, 우리나라 포경수술의 비율이 80%니까 그 비율만 지킨다고 해도 576억의 시장입니다. 매년요. 인구 감소로 시끄

러운 지금에 와서도 그 정도인데, 인구가 폭발적으로 늘 때
는 얼마 정도 벌었겠습니까?"

"헐."

다들 깜짝 놀랐다. 감춰진 시장이 이렇게 클 거라고는 생
각도 못 했기 때문이다.

"대표님 같으면 그걸 놓치고 싶습니까?"

"그건…… 아니겠군."

세상의 어떤 사람도 그런 시장을 놓치고 싶지는 않을 것이다.

게다가 그걸 관리하는 데에 돈이 드는 것도 아니다. 그냥
수술을 해야 한다는 분위기만 유지하면 매년 수백억이 넝쿨
째로 굴러들어 오는 것이다.

"이러니 의사들은 당연히 온갖 좋다는 소리는 다 해 가면서
포경수술을 하라고 권하지요. 그 과정에서 거짓말쯤이야, 뭐."

"흠……."

그리고 부모들은 그런 사람들의 말에 속아서 그걸 꼭 해야
하는 줄 아는 것이다.

"그 사람들이 말하는 위생이라는 것도 웃긴 게, 그들이 들이
미는 국가들은 아프리카나 중동입니다. 깨끗한 물을 구할 수
없어서 1년에 한 번 씻을까 말까 한 곳 말이죠. 비가 오면 씻는
그런 동네 자료를 들이미는 게 무슨 공신력이 있습니까?"

애초에 비누조차도 없는 나라들이 대부분이다. 당연히 아
무리 노력해도 위생이 개판인 것이다.

"그에 반해 우리나라는 아무리 못해도 일주일에 한 번은 샤워합니다."

그것도 극단적으로 최악인 상황에 그렇다. 일반적으로 하루에 한 번은 한다.

"결국 포경수술이 의미가 없다?"

"없는 정도가 아니라 도리어 마이너스죠. 인간의 몸을 그렇게 만만하게 보지 마십시오."

포경수술은 남성의 성기의 표피를 잘라 내는 수술이다.

"그런데 그게 그렇게 더러운 것이었다면 인간이 존재할 수 있었을까요? 그들의 말에 따르면 성 질환의 30%는 거기서 시작되는데?"

"그건…… 그렇군."

인간에게는 저항력이라는 게 있다.

아니, 인간뿐만 아니라 모든 짐승에게 저항력이라는 게 있다. 당연히 그 부위는 정상적인 저항 능력을 가지고 있는 것이다.

"신장을 빼 버리는 부모라……."

"물론 제 말에는 극단적인 부분이 있습니다. 하지만 아무런 도움이 안 되는 수술을 함으로써 아이들의 인생을 망칠 필요는 없지요."

"좀…… 당황스러운 사건이기는 한데, 인생을 망칠 정도는 아니지 않은가? 우리 세대도 수술을 하고 자랐고, 우리

인생이 망가진 건 아니지 않은가?"

사실 사건 같지도 않은 사건이기는 하다.

의뢰인 자체도 미성년자인 데다가 누구도 생각하지 못한 포경수술이라는 주제.

거기에다 돈 들어올 구멍이라고는 보이지도 않는다.

누군가 위험한 것도, 누가 불합리하게 당하는 것도 아니다.

"흠……."

다들 할까 말까 하는 눈치였다.

다른 사건도 많은데 고작 애들 투정 들어 주는 것이나 마찬가지인 상황에서 누가 섣불리 하려고 하겠는가?

해도 그만 안 해도 그만이라는 생각을 하는데 말이다.

'이거, 이거…….'

노형진은 그들을 보면서 피식 웃었다.

이해가 가기는 했다. 단순히 돈의 문제가 아니라 너무 황당한 사건이니까.

노형진은 고민하는 사람들을 위해 한마디 더 해 주기로 했다.

"아니요, 확실히 망가집니다. 사회적인 게 아니라 육체적으로 말입니다."

"육체적으로?"

"네. 포경수술을 하면 거기가 작아집니다."

"뭐?"

"아니, 그게 무슨 말인가?"

깜짝 놀라는 사람들. 그건 생각도 못 해 본 일이었기 때문이다.

"남성 성기의 귀두의 부분은 상당한 탄성을 가지고 있습니다. 그래야 발기 시에 커지는 성기를 보호하지요. 그런데 그 표피 부분을 잘라 내고 그 뒤쪽 부분으로 고정하는 것이 포경수술입니다. 그 수술을 하면 그 뒤쪽 부분은 표피에 비해 탄성이 부족하지요. 생각해 보십시오. 이제 막 커 가는 나이인데 그 부분이 뭔가에 묶여 있는 셈입니다. 그러면 어떻게 될까요? 틀에 고정된 애호박을 생각해 보세요."

사람들이 생각하는 애호박은 길고 딱딱하다.

그러나 그건 어디까지나 농민들이 틀에 맞춰서 키워서 그런 거지, 안 그러면 일반 호박과 다를 바 없다. 그저 상품성을 위해 그렇게 맞출 뿐이다.

"하세."

송정한은 마음먹었다. 누군가는 웃을지 모르지만.

"대한민국 남성들의 미래를 위해서 하세."

다들 그에 수긍하는 눈치였다.

하긴, 그 부분은 남성에게는 약간 자존심이 걸려 있는 문제니까.

"마지막 대사는 성차별적 대사이기는 하지만."

손예은은 잠깐 생각하다가 고개를 끄덕거렸다.

"이권을 위해 남을 핍박하는 수술이라면 존재할 이유가 없지요. 저도 좋다고 생각합니다."

그렇게 재판이 결정되자 손채림은 씩 하고 웃었다.

"이래서 출근을 안 할 수가 없다니까, 호호호."

"우와!"

소송을 시작한다고 하자 가장 좋아한 것은 다름 아닌 아이들이었다.

공포에 질려서 매일매일 죽어 갈 것 같은 얼굴을 하던 아이들은 당장 살 것 같은 얼굴이 되었다.

"자, 여기에 너희들 도장을 찍으면 된다. 아, 도장 없지? 그러면 지장이라고 해서, 엄지손가락을 찍으면 된단다."

그렇게 받은 계약서를 본 노형진은 씩 웃었다.

"자, 이제 소송해야지?"

"어? 그러면 우리가 뭐 집에서 쫓겨나거나 그러는 거 아니에요?"

"그건 아니란다. 하지만 엄마들이 한 소리는 하겠지?"

다들 더럭 겁이 난 얼굴이 되었다.

"어…… 지금이라도…… 그만두면 안 돼요?"

"그만두는 건 자유란다. 하지만 그렇게 되면 수술을 당하겠지."

아이들은 울상이 되었고, 손채림은 그런 아이들의 반응이 귀여운지 피식거렸다.

"원래 인생은 선택이 절반이야, 호호호호."

"우우우우."

그러나 아이들의 얼굴은 환해지지 못했다.

⚖️

"이게 무슨⋯⋯."

가장 먼저 받은 것은 포경수술 금지 가처분 신청이었다.

생각해 보면 터무니없는 말이기는 했다. 하지만 그렇다고 해도 일단은 막아야 했기에 어쩔 수가 없었다.

판사도 그걸 내주면서 황당하다는 표정을 지었을 정도이니 당사자인 부모는 어떻겠는가?

"장난해, 지금?"

그걸 받은 주명훈은 어이가 없어서 반문할 수밖에 없었다.

"장난이 아닙니다."

"장난이 아니면 뭐야, 이게?"

"보다시피 아드님에 대한 포경수술을 금지하는 법원 명령입니다."

"아니⋯⋯."

얼마나 황당하겠는가? 법원이 다른 것도 아니고 아들의

포경수술까지 막다니.

"포경수술이 불법도 아니고, 그걸 왜 막아? 그리고 애 아버지는 나야! 왜 법원이랑 당신이 나서는데?"

무슨 불법을 저지르거나 아들을 학대한 것도 아니다. 그저 포경수술을 하려고 했을 뿐이다.

그런데 그걸 막으려고 하다니?

더군다나 자신이 아버지다. 아들에 관한 관리 책임은 자신에게 있다.

"나도 주워 들을 만큼 주워 들은 놈이야. 미성년자는 부모에게 관리 책임이 있는 거라고! 내 아들을 당연히 내 마음대로 하겠다는데 왜 너희들이 성화인데!"

"그건 어디까지나 아드님이 상해를 안 입을 때의 이야기죠."

"상해?"

"네, 주워 들으신 건 말 그대로 주워 들으신 것일 뿐입니다."

부모의 자격은 절대적이지 않다.

가끔 부모들은 자식을 자신의 소유물쯤으로 생각하거나 자신에게 속한 일종의 절대적 하위 계급으로 보는데, 엄밀하게 말하면 법적으로 완전히 다른 개체이며 그들은 법적으로 자식을 보호하고 관리할 책임만 질 뿐이다.

"생각을 해 보세요. 부모가 자식의 신장이나 각막을 빼서 팔아 버리는 것은 불법입니다. 그리고 누군가 자녀에게 유산을 남길 경우 그 유산의 소유권을 가진 사람은 자식이지, 부모가 아닙니다. 부모는 그저 관리 책임을 가지고 그 유산을 관리할 뿐이지요."

"뭐?"

"그리고 아드님에게 행해지는 행동은 엄밀하게 말하면 의료를 빙자한 상해에 들어갑니다. 그 경우 법원에서는 그걸 막을 수 있는 권한이 있지요. 그리고 그 사건에 한해서 법정대리인이 따로 선임될 겁니다. 아마 조만간 연락이 올 겁니다."

"미친……."

"미친 게 아닙니다. 현 시간부로 귀하의 양육권 중에서 의료에 관한 부분은 다른 분이 임시로 관리하게 될 겁니다."

주명훈은 화가 나서 얼굴이 붉으락푸르락해지기 시작했다.

"지금 그러니까 나보고 포경수술시키고 싶으면 소송을 하라 이건가?"

"아니요. 소송하시라는 게 아니라 그냥 포경수술을 하지 마시라는 겁니다. 애초에 할 필요도 없고, 아이도 하고 싶어 하지 않는 것 아닙니까?"

간단한 이론이다. 하기 싫으면 안 하면 된다.

더군다나 성인이 된 후에 수술을 못 하는 것도 아니다.

성인이 된 후에 수술을 하면 발기 등으로 인해 더 아프기는 하지만 적절하게 통제할 자신만 있다면 수술하는 것도 가능하다.

"최소한 본인이 선택할 수 있게 되면 하도록 해 주시지요."

아이들이 무서워서 저렇게 울고불고하는데 굳이 그걸 할 필요는 없다는 생각에 노형진은 그렇게 말했다.

사실 그건 부모 모두들 비슷한 생각이었기 때문에 이 정도까지 일이 벌어지자 다들 수술하지 않겠다고 했다.

아무리 부모가 독하다고 해도 이렇게 애가 무서워하는데 굳이 그걸 하려고 하지는 않는 것이다.

물론 대부분의 경우에는 그렇다, 대부분의 경우에는.

"그래, 법대로 하자. 소송? 해, 씨발. 하자고. 내가 내 자식 불알 까는데 네가 뭔 상관이야?"

"허?"

옆에서 듣고 있던 손채림은 어이가 없다는 얼굴이 되었다.

지금까지 만난 부모들은 대부분 아이의 마음을 이해하지 못한 것을 미안해하면서 포경수술을 안 하겠다고 약속했다. 그러니 별문제는 없었다.

그런데 주명훈은 도리어 법대로 하겠다면서 싸움을 건 것이다.

"저기요, 아버님. 그건 과학적으로 그다지 할 필요가……."

혹시나 제대로 알아듣지 못한 거 아닌가 해서 다시 한 번 설명하는 손채림.

그러나 주명훈은 단호했다.

"한다고, 씨발. 그래, 네가 잘났나 내가 잘났나 한번 해 보자. 어디 듣도 보도 못 한 새끼가 내가 내 자식 키우는 데 끼어들어? 응! 법대로 해 보자고, 이 새끼들아."

"저희는 끼어들려는 게 아니라······."

"입 닥쳐. 너희들 말을 내가 믿을 것 같아? 내 자식에게 뭐가 필요한지는 내가 판단해. 알아?"

"아버님!"

손채림은 어떻게 해서든 주명훈의 화를 누그러트리려고 했다.

하지만 그 순간 노형진이 끼어들었다.

그는 손을 들어서 손채림을 막고는 고개를 끄덕거렸다.

"그렇게 알고 있겠습니다. 다만 법원의 명령이 나온 이상 재판이 끝나기 전까지 법원의 명령에 반해 무단으로 끌고 가서 포경수술을 하는 경우 형사처벌의 대상이 될 테니 그 부분은 확실하게 알아 두시기 바랍니다."

"뭐?"

"거래하던 병원에는 저희가 통지했지만 사람 일이라는 게 모르는 거니까요."

일단 기존에 거래하던 병원에 통지했고, 또 전산상에 올려서 의료보험을 조회하면 나오게 해 놨지만 애초에 포경수술은 비급여 수술이라 의료보험 자체를 조회하지 않을 수도 있다.

"그때는 상해죄로 처벌받으실 테니까 그런 짓은 하지 않으리라 믿겠습니다."

"이 씨발 새끼들이 증말!"

"법원에서 뵙도록 하겠습니다."

자리에서 일어나는 노형진.

손채림은 어리둥절해하다가 노형진을 따라서 그곳에서 나왔다.

"아니, 왜? 설득을 해야지! 다른 분들은 안 한다잖아? 돈도 안 되는 사건인데 간단하게 이렇게 끝내려고 한 거 아니었어?"

"목적은 그랬지. 하지만 저 인간은 안 돼."

"뭐? 왜?"

"저 인간은 아들을 자기 소유물로 보고 있어."

"소유물?"

"그래. 그런 인간들을 한두 번 본 게 아니야."

아들이 가진 수술에 대한 공포감을 이해해서 물러난 다른 부모들과 다르다.

자신의 결정에 반대한다는 것.

그것을 도발이자 도전으로 받아들이는 것이다.

"저런 인간은 말로 해서 되는 게 아니야. 자신에 대한 도발로만 받아들일 뿐이고, 그 보복을 하지 않으면 화를 참지 못해."

"보복? 잠깐만…… 그거 위험한 거 아니야?"

보복이라는 말에 손채림은 깜짝 놀랐다.

그 아이는 저 사람의 집에서 살고 있다. 그러니 무슨 일이 벌어질 것은 당연한 일.

"그래, 위험한 일이지. 아마 아이가 학교에서 오면 무슨 사달이 벌어질 거야."

"그게 무슨……?"

"이거 발 빼기가 애매하게 되었는데?"

단순 소송으로, 설득해서 포경수술만 안 하면 되는 사건이었다. 그런데 저런 미친놈이 있을 줄이야.

"일단은 네가 여기에 남아."

"남으라고?"

"그래, 저런 인간이면 오늘 저녁에 분명히 무슨 사달이 벌어질 거야. 자식한테 화만 내면 다행이기는 한데……."

저런 성격이면 분명히 폭행이 시작될 것이다.

'그리고 그건 아동 학대로 연결되겠지.'

아이를 그저 자신이 통제하는 대상으로 보는 사람인데 만일 애가 저항한다면 무슨 짓을 할까?

'그런 인간이 말로 할 리 없지.'

상황이 생각지도 못한 방향으로 가기 시작하자 노형진은 마음이 급해졌다.

"난 다른 곳에 가서 상황을 볼게. 만일 똑같은 집이 있다면 그곳에서 애들을 빼 와야 해. 증거를 모아서 법원에 제출하면 일단 격리는 시켜 줄 거야."

"뭐?"

"아동 학대가 갑자기 짠 하고 나타나는 게 아니야. 저런 녀석들은 아이들이 자기 통제에 따르지 않는다는 사실을 인식하게 되면 그때부터 폭력을 쓰지."

그저 우려에서 그치면 좋겠지만 저런 기질은 아동 학대범의 기본적인 기질과 맞닿아 있다.

지금이야 아이들이 어려서 고분고분 말을 들으니 그런 징후를 보이지 않지만, 아이들이 더 성장해서 주관을 생기면 말 그대로 분노로 미쳐서 날뛰는 성향을 보인다.

'분명히 분노가 우리한테 향한 게 아니었어.'

자신에게 덤빈 자들에 대한 분노, 자신의 말에 저항한 것에 대한 분노.

분명히 그건 위험한 상황이었다.

"다른 곳에서 확인해 보고 올 테니까 넌 여기서 만일의 사태에 대비해."

노형진은 다급하게 움직이기 시작했다.

"역시나……."

다급하게 확인한 것이 다행이었다.

서른 명의 아이들 가정 대부분은 그걸 받고 이해한다면서 포경수술을 시키지 않겠다고 했다. 그러나 딱 두 집은 반응이 달랐다.

"내가 경찰 안 불렀으면 사달 날 뻔했다."

손채림은 기가 막히다는 듯 말했다.

아이가 학교에서 오자마자 바로 고함과 뭔가 부서지는 소리가 들리더니 아이의 울음과 비명이 터져 나왔다는 것이다.

"경찰이 들어갔을 때 아이 얼굴에 멍이 들어 있더라고."

"다른 곳도 마친가지야."

그곳에서도 아이에 대한 폭행이 시작되었고, 직원이 경찰을 불러서 돌입하는 그 짧은 틈에 아이의 팔이 부러져 버렸다.

"아니, 아동 학대범이 지금까지 왜 안 걸린 거지?"

송정한은 어이가 없다는 듯 말했다.

애를 그 지경을 만들 정도면 아동 학대가 맞다. 그러나 자신들이 본 아이들의 모습에 학대의 징후는 없었다.

"그건 우리가 아는 일반적인 학대는 지속적이고 계획적인 괴롭힘이니까요."

일반적인 학대범은 아이들을 말려 죽이려고 작정한 거라고 표현하면 된다. 그래서 아이를 무조건 적대적으로 다루며 제대로 사람 취급을 안 해 준다.

"하지만 이건 좀 다릅니다."

권위에 도전받았다고 생각해서 돌변하는 것이다.

"그러한 도전이 일종의 촉매가 되는 거죠."

"촉매?"

"네."

그 전에는 좋은 사람처럼 행동한다. 하지만 도전을 받았다고 생각하는 순간 돌변해서 적대적으로 변한다.

"지금까지야 아이들이 말을 잘 따랐을 겁니다. 어지간한 경우는 그냥 겁만 줘도 되니까요."

"하지만…… 이번은 그게 아니었던 거군."

"네."

법원이 꼈고, 친구들과 함께 변호사에게 도움을 요청했다.

아이는 단순히 공포심에 수술을 받기 싫었던 것뿐이지만 당사자는 그것을 자신에게 대한 도전으로 받아들인 것이다.

"그리고 그 후에는 학대가 상습적으로 변할 가능성이 있습니다."

"왜?"

"도전자니까."

아이가 커 갈수록 트러블은 많아질 테니 당연히 그걸 억누르기 위해 폭력이 수반될 것이다.

"그런 미친놈이 두 명이나 있다는 게 신기하군."

"그러게 말입니다."

대부분의 경우 이런 극단적 폭력은 중학교나 고등학교 때 발생한다. 그리고 아이들은 그때 이기지 못하고 가출한다.

그러면 인생이 망가지는 것이다.

"아직은 기회가 있습니다."

"이거 원…… 단순히 재미 삼아 하려고 한 일이 뭐 이리 커지는 건지."

변호사 비용이야 안 받으면 그만이다. 하지만 그렇다고 해도 상황이 어이가 없는 건 사실.

"그러게 말입니다. 저쪽은 정식으로 소송할 모양인데, 그렇게 되면 사건이 커집니다."

"그렇겠지."

송정한은 얼굴을 찌푸렸다.

이 소송을 하게 되면 저들은 당연히 의사들의 도움을 받으려고 할 것이다.

자신들의 행위가 상해가 아닌 의료라는 것을 증명하기 위해 말이다.

"하지만 한 해에 500억이 넘는 시장을 의사들이 놔줄 리 없지."

"네."

포경수술로 매년 막대한 수익을, 그것도 보험이 안 되는 비급여 수익을 내고 있는 의사들이 포경수술에 대해 나쁜 말을 할 리 없다.

도리어 어떻게 해서든 이기려고 할 것이다. 자기들의 돈을 들여서라도 말이다.

"만일 법원에서 수술 안 해도 된다는 판결을 내리게 되면 그들로서는 타격이 클 테니까요."

"끄응…… 자네는 작은 사건 키우는 데 타고났구면."

노형진은 어깨를 으쓱했다.

"제가 키운 게 아닙니다."

사건이 알아서 커질 뿐이다.

"이제는 어쩔 생각인가?"

"뭐, 소송은 진행되었으니 끝까지 가야지요. 아마 상대는 부모가 아니라 대한민국 비뇨기과 의사들 중 상당수가 될 겁니다."

"방법은?"

"글쎄요. 일단은…… 저들이 가장 하기 싫어하는 것을 해야겠군요."

"하기 싫어하는 것?"

"부작용을 널리 알려야지요. 언론을 이용해야 할 겁니다."

의사들은 포경의 부작용을 잘 설명하지 않는다. 그저 좋다는 소리만 한다.

하지만 절대 그럴 수가 없는 게 현실이다.

"언론이라……. 하긴……."

상대방은 비뇨기과 의사들이니 엄청난 돈으로 판사들을 매수할 수 있다. 그러니 그냥 싸우면 판사는 저들의 편을 들어 줄 가능성이 높아진다.

"하지만 언론이 끼면 판사도 조심하게 되지."

저들이 재력이 있다고 하지만 굳이 돈을 받으려고는 하지 않을 것이다.

"머리가 지끈거리는구먼."

송정한은 한숨으로 자신의 기분을 표현했다.

하지만 이미 사건은 시작되었고 재판 역시 시작되었다. 이제 와서 물러나 봐야 의미가 없어지는 것이다.

"물러날 수는 없지. 잘 부탁하네, 노 변호사."

"이번 사건의 포문은 제가 아니라 채림이가 열 겁니다."

"엥? 나?"

불똥이 자신에게 튀자 손채림은 손가락으로 자신을 가리키며 어리둥절한 표정이 되었다.

# 고래 잡다가 사람 잡네

　손채림은 눈앞에 있는 친구에게 싱글거리면서 미소를 지었다.

　"요즘 일은 할 만해?"

　"죽을 맛이야. 기자가 쉬운 게 아니라니까."

　"특종은?"

　"특종? 나 같은 새끼 기자한테 누가 특종을 주냐?"

　손채림의 친구인 성미나는 툴툴거렸다.

　그녀는 학교를 졸업한 후 기자 쪽으로 나갔지만 아직 새끼 기자이기 때문에 제대로 자리 잡고 특종을 터트릴 만한 여건이 되지 않았던 것이다.

　"그래서 포기?"

"포기는 무슨. 야, 특종 하나만 줘 봐."

"내가 특종이 어디에 있어?"

"변호사 사무실이잖아. 그것도 그 유명한 새론. 뭐 없어?"

"기본적으로 사건의 외부 공개는 금지되잖아."

"쳇."

성미나는 툴툴거렸다.

손채림이 부르기에 뭔가 있는 줄 알고 헐레벌떡 왔더니 재미난 것도 없다니.

"다만 지금은 외부에 공개하라는 게 있기는 한데……."

"응?"

성미나가 귀를 쫑긋 세웠다.

"그게 무슨 소리야?"

새론에 대해서는 다들 알고 있다.

모든 사건은 외부 공개 금지.

거기서 공개되는 것은 오로지 외부에서 이슈화시키는 작업이 필요한 경우만이었다.

'뭐, 주워 먹는 것이기는 하지만.'

그렇다고 자신들이 불만을 가지는 것은 아니다.

그럴 수밖에 없는 게, 그런 사건들은 진짜 이슈를 타기 딱 좋은 사건들이기 때문이다.

개나 소나 사건을 들이밀면서 여론전으로 어떻게 해 보려고 하는 게 아니라 딱 이슈가 될 만한 것만 골라서 준다고 할까?

이것이법이다

"그래서, 그래서?"

막내인 그녀로서는 이런 기회가 흔치 않다. 만일 다른 사람들이 먼저 알면 채 가기 때문이다.

"맨입으로?"

"야, 나 거지야."

"기자가 거지라니, 그 말을 누가 믿어?"

"진짜 거지라니까? 내가 돈이 있으면 기자를 하겠니?"

"그래도 한턱 쏴야지."

"그러면 딴 사람한테 물어본다."

"그래 봐. 우리 회사에 남친이라도 있나 봐?"

싱글거리는 손채림을 보면서 성미나는 입을 삐쭉거렸다.

"좋아. 내가 소개팅 티켓 줄게."

"나 해 주려고?"

"아니, 네가 소개팅 필요하다고 하면 내 한번 친히 나가 주지."

"그게 내가 좋은 거냐? 네가 좋은 거지."

"우우, 치사하다. 빨리 말해 줘. 다른 사람이 채 가면 나 욕먹어."

"신입이라 기대도 안 한다면서?"

"야! 손채림!"

"알았다, 알았어. 기지배, 소리 지르기는."

손채림은 피식피식 웃으며 이야기하기 시작했다.

"사실은 이번에 우리가 사건을 하나 하는데, 그게 큰 사건은 아닌데 좀 신기해서 말이야."

"신기한 사건?"

"그래."

"웬 신기한 사건?"

"포경수술 알아?"

"알지. 여자라고 해도 그건 알지."

그 자세한 내용은 모르지만 그게 어떤 수술인지는 알고 있다.

한국 사람이라면 대부분은 알 것이다. 그만큼 많은 사람들이 했고 널리 알려진 수술이니까.

"그런데 그거 가지고 재판을 해."

"뭐야, 그게? 누가 수술하다가 잘못됐냐? 그게 무슨 이슈를 타?"

흔해 빠진 의료사고 소송이다. 거기에다가 새론에 노형진까지 끼었다면 상대방이 누군지 모르지만 지는 게 뻔한 싸움.

"수술을 잘못한 게 아니라, 그게 과연 정당한 행동인지에 대한 재판이야."

"응? 그게 무슨 소리야?"

"의뢰가 들어왔는데……."

그녀가 노형진이 이야기해 준 사항을 전달하자 성미나는 기가 막혔다.

"어머, 어머. 그런 거야? 이야, 뭐 그런 일이 다 있냐? 부모를 대상으로 하는 초등학생들의 소송이라⋯⋯. 별일이 다 있네."

"중요한 건 그게 아니라 의사들의 행동이야. 뭐, 우리가 의사들 망해라 같은 의미에서 하는 건 아니야. 하지만 최소한 수술에 관련된 제대로 된 정보는 줘야 하는 거잖아."

모든 수술에는 그런 과정이 있다.

이 수술을 했을 때 뭐가 좋을 수 있으며, 반대로 어떠한 부작용이 있고, 또 이후에 어떻게 될 거라는 설명을 해 줘야 한다.

"하지만 이 수술은 그게 아니잖아. 그냥 의사들의 마냥 좋다는 말만 믿고 사람들이 하는 거잖아. 그건 아니라는 거지. 제대로 된 정보도 없이 선택을 강요하잖아."

"음⋯⋯ 그건 모르겠다."

여자로서 그 수술의 존재만 알 뿐 그 내용은 몰랐기 때문에 그녀로서는 그 부분을 판단할 수가 없었다.

"하지만 이슈는 타겠네."

대한민국의 포경수술 비율은 80%. 아마 이 뉴스를 남자라면 한 번은 보게 될 것이다.

그리고 그렇게 된다면⋯⋯.

'이번에는 보너스 좀 두둑하게 나올지도?'

그녀는 잔뜩 기대하기 시작했다.

"나 그거 줘."

"뭘 줘? 이게 물건이냐, 주게?"

"독점."

"독점은 안 되고. 가장 먼저 알려 주기는 할게."

"좋았어!"

성미나는 일단 선배들 중 믿을 만한 사람에게 이 사건을 물어보기로 했다.

⚖️

"헐?"

"허?"

"진짜야?"

선배들은 성미나의 이야기를 들으면서 어이가 없다는 얼굴이 되었다.

"그래서 선배님들한테 여쭤본 거예요."

그들은 성미나가 아는 사람들 중에서 그나마 괜찮은, 자신의 기사를 빼앗아 가지 않을 사람들이었다.

그들에게 이야기한 것은 기사를 쓰기 전 확인해 봐야 하는 부분이 있기 때문이다.

"그런 이야기 들어 보셨어요? 포경수술의 부작용에 대해서?"

"들어 본 적 없는데?"

세 사람 다 들어 본 적이 없다고 고개를 흔들었다.

"난 나도 했고 내 아들도 해 줬지만 그런 소리는 처음 들어 봤다."

나이 먹은 사람이 그 소리를 듣고는 고개를 흔들었다. 그
리고 젊은 사람은 억울하다는 표정이 되었다.

"씨발."

"선배는 또 왜 그래요?"

"그런 부작용이 있는 걸 알았으면 내가 그 수술을 했겠냐고."

"헐?"

"작아진다니⋯⋯ 작아진다니⋯⋯ 크흑!"

왠지 자괴감이 드는 표정으로 무너지는 선배들.

"이거 내놓으면 먹힐까요?"

"먹혀. 확실히 먹혀. 성과 관련된 뉴스가 안 먹히는 거 봤어?"

거기에다가 대한민국의 남자들 대부분이 관련된 뉴스다.
그러니 안 먹힐 리 없다.

"이야⋯⋯ 이거 탐나는 뉴스거리인데."

"설마 후배 걸 빼앗으려고 하지는 않으시겠지."

"하긴, 너도 이쯤에서 뭐 하나 터트려야 정규직 되지."

"으윽."

계약직인 그녀로서는 제일 가슴 아픈 말이었다.

하지만 또 그게 현실이었다. 이쯤에서 뭐 하나 터트려 주
지 않으면 자신은 계약직으로 끝날 수밖에 없다.

"좋다, 너 같은 후배 만나는 거 쉬운 일 아니니 내 이번만
은 넘겨주마."

"원래 제 거거든요?"

"시끄럽고, 빨리 가서 준비해."

"헤헤헤."

성미나는 웃으면서 뛰어갔고, 뒤에 남은 선배들은 쓴웃음을 지었다.

"미나가 잘할 수 있을까요?"

"글쎄, 과연…… 잘할 수 있을까? 본인은 모르지만 이거 생각보다 아주 큰 건인데."

만일 이게 이슈화되고 부모들이 소송에서 진다면 비뇨기과 쪽은 적지 않은 타격을 입게 될 것이다.

한 해 500억이 넘는 시장이 한순간에 사라지지는 않겠지만 학생들이 거부하기 시작하는 걸 막을 수는 없을 테니 시장이 천천히 사라져 갈 게 뻔하기 때문이다.

"그 소송은 단순히 부모와 학생들의 싸움이 아니야. 어떻게 해서든 이 사건을 덮으려고 하겠지."

그게 돈이 될지 아니면 압력이 될지는 모를 일이다.

"어느 쪽이든 미나의 입장에서는 선택해야지. 그리고 그게 저 녀석의 정체성이 될 테고. 올바른 기자가 되기 위해서는 말이야."

만일 진실을 찾고자 한다면 이슈를 타서 정규직이 되겠지만 그들의 로비에 넘어간다면 뇌물을 받고 입을 다무는 대신…….

"뭐, 어느 쪽이든 선택해야지. 후자로 넘어간다면 그게 퇴

직금이 되겠지."

"적지 않은 돈이겠군요."

"그러니까, 후후후."

선배들은 그녀의 선택을 궁금해하면서 미소를 지었다.

⚖️

"너, 나한테 무슨 뉴스를 준 거야?"

처음에는 그냥 이슈 탈 만한 주제라고 해서 토픽 정도로 올릴 생각이었다.

그런데 토픽으로 올라가자마자 전국에서 전화가 빗발칠 거라고는 성미나는 예상도 못 했다.

진실을 알고 싶다는 사람들도 있었지만, 대부분은 헛소리 하지 말라고 화를 내는 의사들의 전화였다.

얼마나 전화가 많이 오는지 업무가 불가능할 지경이었다.

"응?"

"지금 죽을 맛이라고. 하루에 항의 전화가 몇 통이나 오는 지 알아? 200통 가까이 온다고. 내가 일을 못 하겠어."

"난 그냥 사건을 준 것뿐인데? 네가 달라며?"

"하지만 이건 너무하잖아! 왜 이러는 건데?"

다짜고짜 전화해서 항의하는 사람은 양반이다.

일단 '여보세요.'라고 하는 순간 개념이니 뭐니 하면서 욕을 하는 인간들이 얼마나 많은지, 스트레스로 죽을 맛이었다.

"어쩔 수 없어."

"뭘?"

"의사들의 입장에서는 이게 얼마나 큰 바닥인데."

"큰 바닥?"

손채림은 성미나에게 노형진이 말해 준 것을 그대로 이야기했다.

이게 얼마나 큰 시장인지, 그리고 그게 무슨 사태를 불러올지.

"우리나라 사람들은 대부분 포경수술을 당연하다고 생각해. 그건 여성도 마찬가지거든. 그래서 성인이 된 후에도, 여자들이 싫어한다고 수술하는 경우도 많아."

그렇게 포경수술률이 높은 나라인데 정작 포경수술에 대한 학술적인 조사는 전혀 이루어진 적이 없다.

"그런데 법원에서 의미가 없다고 판단하면 어떻게 되겠어?"

"미친……."

기자인 성미나는 눈치가 빨랐다. 당연히 무슨 일이 벌어질지 금방 알았다.

이미 언론에 나가서 사람들의 관심이 쏠린 상황에서 법원을 통해 그게 의미가 없다는 이야기가 나온다면 당연히 사람들은 하지 않으려고 할 것이다.

"매년 500억 이상의 시장이 갑자기 사라지는 셈이야."

그렇게 되면 포경수술을 하던 의사의 입장에서는 당장 망할 수도 있게 된다.

"완전히 당했구나."

"호호호."

"망할, 망할. 어쩐지 선배들이 쓸 만한 사건인데도 전혀 관심을 안 보이더라니."

이런 사건은 잘못하면 자신이 욕먹는다는 것을 그녀는 미처 몰랐던 것이다.

"하지만 좋은 점도 있잖아."

"좋은 점?"

"그래. 일단 기자로서 이름은 널리 알렸잖아?"

성미나는 고개를 번쩍 들었다.

맞다. 기자로서 확실하게 이름을 알릴 수 있는 주제다.

'그리고 이거라면……'

자신은 확실하게 정규직이 될 수 있다.

물론 잠깐은 고달플 것이다. 그러나 정규직만 될 수 있다면…….

"좋아, 그러면 다음 계획 좀 말해 봐."

"뭔 계획?"

"야, 야! 확실하게 못을 박으려면 후속 보도를 해야 할 거아냐! 여기서 손 털라고? 그렇게는 못 한다. 빨리빨리 입 좀 털어 봐. 현기증 나니까."

그 모습에 손채림은 미소를 지었다.

⚖️

"언론에는 확실하게 터져 나갔고……."

성미나를 시점으로 수많은 언론사들이 이번 사건에 대해 이야기하고 있었다.

그런데 특이한 점은 그들의 행동이 극단적인 방향으로 쏠리고 있다는 것이었다.

한쪽에서는 포경수술의 좋은 점을 찬양하는 반면, 반대쪽에서는 그 점에 대해 부정적이었다.

"왜 이런 거야?"

"포경수술에 대한 홍보는 예전부터 계속되어 왔거든."

과거에는 진짜 포경수술을 안 하면 큰일 나는 줄 아는 사람들이 적지 않았다.

하지만 현재에 와서 조금씩 그런 것이 줄어들었다.

"특히 목욕 문화도 바뀌었고 말이야."

"목욕 문화?"

"그래."

과거에는 집집마다 목욕탕이 있지 않았다. 그래서 대부분 동네 목욕탕에 가기 마련이었다.

"그런데 남자들이 거기에 갔는데 다 포경했는데 자기만 포경 안 한 상태라고 해 봐. 왠지 창피하잖아? 한국은 다르다는 걸 인정하지 않는 분위기니까."

"그런데?"

"그런데 지금은 샤워실이 다 있고 또 욕조까지 있는 집이 얼마나 많아. 목욕탕에 안 가니까 비교할 이유도 없지."

"아!"

그렇다 보니 과거에 비해 포경수술에 대한 그런 맹목적인 추종이 약해진 상황이다.

"인터넷이 발달하면서 부작용에 대해 아는 사람도 많아졌고."

"그래서 홍보를 해야 한다?"

"그래. 너도 알다시피 기자들도 적당히 찔러주면 우호적인 기사도 많이 써 주고 그러잖아?"

"그렇지."

그러고 보니 우호적인 기사들을 써 준 신문사들은 알게 모르게 공신력에 문제가 있는 곳들이었다.

"의사들에게 있어서는, 포경수술이 사실 그리 필요 없다는 사실이 판결을 통해 알려지는 것만큼은 피하고 싶은 거지."

"흠…… 그러면 어쩔 거야?"

"어쩌긴. 바뀌는 것은 없어. 그 대상이 부모가 아니라 의사들이 된 것 외에는."

"의사라……."

"가끔은 대상이 엉뚱한 곳으로 튀기 마련이거든."

부모는 그냥 수술만 막으면 된다.

물론 장기적으로 아이들의 미래를 위해서는 아동 학대 가능성이 있는 집에서 구하는 방법을 찾아야 하지만 현재 가장 중요한 것은 다름 아닌 일단 수술을 막는 것.

"뭐, 이건 뭐 꼼수를 부릴 만한 사건도 아니고."

이건 법적으로 꼼수를 부리거나 누군가 뒷조사를 할 사건도 아니고 사실과 사실이 부딪치는 논리의 싸움.

"간만에 법원에서 혀 좀 놀려야겠네."

"너의 세 치 혀에 또 몇 명이나 썰려 갈는지."

"원래 세 치 혀가 칼보다 무섭다고들 하잖아."

손채림의 말에 노형진은 씩 웃으면서 대답했다.

☖

작은 사건이다.

하루에 사건이 한두 건이 벌어지는 것도 아니고, 재판은 그만큼 벌어진다.

그래서 대부분의 경우 법원은 텅 비어 있는 경우가 많다.

하지만 오늘은 다른 사건과 다르게 사람들이 꽉 차 있었다.

"둘 중 하나네. 기자 아니면 의사."

분노에 찬 얼굴로 자신들을 바라보는 사람들은 의사고 호기심으로 가득한 사람들은 기자다.

"한국 최초로 포경수술이 대상이 된 재판이니까."

포경수술을 한 후 수술 중 실수에 대해 몇 번 소송이 벌어진 적은 있다.

가령 수술 중 귀두의 일부가 절단된다거나 하는 사건들 말이다.

하지만 이번 사건의 경우는 그게 아니라 그냥 수술 자체가 올바른 것이냐에 관한 재판이다. 그러니 초유의 사태가 벌어질 수밖에.

"개정하겠습니다."

드디어 재판이 시작되고 노형진은 공격에 나섰다.

"친애하는 재판장님, 본 사건은 원고들의 신체에 관련된 사건입니다. 대상이 된 부모님들께서는 포경수술을 강제로 시키려 하고 있지만 사실상 포경수술은 그 효과가 확실하게 검증도 되지 않은 신체적 상해를 입힐 가능성이 존재합니다. 원고들은 그러한 영구적 상해를 막기 위해 변호사를 선임하여 상해에 대한 방어를 위해 나선 것입니다."

노형진의 공격이 시작되고 그 말이 길어질수록 의사들의 얼굴은 붉으락푸르락해졌다.

"피고 측, 하실 말씀 있습니까?"

노형진의 말이 끝나자마자 바로 피고 측으로 배턴을 넘기는 판사.

그리고 앞으로 나서는 변호사를 보면서 노형진은 혀를 끌끌 찼다.

'최식환이라……. 아무래도 부모들이 선임한 건 아닌가 보군.'

최식환은 대법원 출신의 변호사다. 당연히 그 가격이 어마어마하다.

'일반인이 저 사람을 고용했을 가능성은 그다지 높지 않지.'

큰돈이나 일생이 달린 것도 아니고, 고작 포경수술 하나 달려 있는 재판에 대법관 출신의 전관을 쓴다?

그건 말도 안 되는 소리다.

아무리 못해도 5억은 필요한데 두 사람이 반으로 나누면 한 사람당 2억 5천이다.

그것만 해도 일반적인 변호사들의 여든 배가 넘는 가격이다.

'그런데 여기에 등장했다라…….'

애초에 이건 가벼운 사건이고 해프닝에 가까운 사건이다. 이런 걸 최식환이 나서서 할 이유는 없다.

자기 자존심 때문에라도 하지 않으려고 할 것이다.

'남은 건 하나뿐이네.'

노형진은 피식 웃으면서 고개를 돌려서 분노한 눈으로 자신을 노려보는 의사들을 바라보았다.

'저들이군.'

최식환을 선임한 사람들은 부모가 아니라 의사들일 가능성이 높다.

애초에 부모가 수억 원이나 하는 최식환의 선임료를 내는 것은 무리다.

'하지만 의사라면 이야기가 달라지지.'

이번 재판은 단순히 수술하느냐 마느냐가 달린 게 아니다.

이번 사건의 핵심은 수술의 여부가 아니라 포경수술의 정당성이다.

그동안 당연하게 이루어져 온 남성에 대한 포경수술.

그 의학적 가치를 법원에서 판단하는 사건인 것이다.

'그리고 거기서 지면 곤란한 것은 의사들이고.'

그러니 의사들은 자기 돈 들여서 비싼 변호사를 불러올 수밖에 없다.

부모들이야 남이 좋은 변호사 해 준다는데 거절할 이유가 없고 말이다.

"이번 사건에 관하여 피고 측인 아이의 건강과 안전을 위해 필수 불가결한 수술이라고 주장하는 바입니다."

아니나 다를까, 최식환은 수술이 절대적으로 필요한 과정이라고 주장하기 시작했다.

그동안 인터넷에서 흔하게 넘치는 정보들이 나오고, 그걸 익히 들어 온 판사는 고개를 끄덕거렸다.

'이번에는 고정관념이 문제겠군.'

아마도 저 판사도 포경수술을 했을 것이다.

그리고 이 안에 있는 대부분의 남성들은 그것을 했을 것이다.

그러니 그들은 일종의 고정관념을 가지고 있다. 따라서 이번 재판의 관건은 그 고정관념을 깨는 것이다.

"재판장님, 피고 측 변호인의 말은 일방적인 주장에 지나지 않습니다. 수년간 같은 방식으로 의료 업계는 포경수술에 대해 주장해 왔고 지금도 같은 논리로 진실을 호도하고 있습니다."

"전혀 아닙니다. 이건 전문 의사들의 소견입니다. 그들은 여러 가지 사례를 가지고 판단해 왔고, 그에 기반하여 포경수술의 중요성을 알리고 있는 것입니다."

"전문 의사들의 소견이라는 점은 인정합니다. 문제는 그 전문가라는 집단이 포경수술로 인한 수익을 얻는 대상자라는 것입니다."

"수익 대상자?"

"그렇습니다, 재판장님. 일반적으로 포경수술의 비용은 30만 원 선입니다. 그리고 명백하게 비급여 수술입니다."

"그래서요?"

"생각을 해 보십시오. 대한민국의 남성이 몇 명인지 그리고 그들이 모두 수술을 하면 얼마나 많은 돈이 수술비로 지급될지. 대한민국의 남성들을 기준으로 판단할 때 매년 500억 이상의 수술비가 전문가라는 집단에 지불됩니다. 그런 상황에서 과연 그 수술이 무의미하다고 하는 사람이 있을까요?"

"흠……."

"어……."

"그렇게 많아?"

듣고 있던 기자들은 깜짝 놀랐다.

그냥 무심하게 생각했을 때는 몰랐는데 생각해 보니 수술이 진행되는 경우 그 수익이 적지 않은 것이다.

"더군다나 성인이 된 후에 포경수술을 하게 되면 일반적인 통계에 잡히지 않습니다. 80%라는 것도 학생 시절을 기준으로 판단한 것이니까요. 그렇게 되면 최소 90% 이상이 수술을 하게 됩니다. 그 돈이 수백억이고 수익을 얻는 것은 바로 전문가라는 집단입니다. 그런데 그들이 과연 그 수백억을 포기하고 그 수술이 의학적으로 의미가 없다는 사실을 인정하려 할까요?"

노형진이 갑자기 정곡을 찌르자 의자에 앉아 있던 의사들은 당황한 얼굴이 되었다.

'헹, 자기들한테 갑자기 칼을 돌릴 거라고는 생각도 못 했겠지.'

분명히 아버지 쪽만 생각하고 왔을 것이다. 그런데 갑자기 자신들을 공격하자 그들은 당황해서 서로 눈치를 보고 있었다.

하지만 최식환은 대법원 판사까지 한 사람이다. 이 정도로 당황할 사람이 아니었다.

"물론 일부 그게 필요하지 않다는 의견도 있습니다. 그 부분은 여전히 논쟁 중입니다. 그러나 어떤 학설이나 의료 행위에도 논쟁이라는 것은 있습니다. 그 논쟁 때문에 꼭 필요한 예방 조치를 하지 않아 질병이 발생한다면 그 얼마나 슬픈 일입니까? 포경수술은 의학적으로 꼭 필요한 수술입니다."

지금까지 논의되어 온 반대 근거에 대해 슬쩍 논쟁으로 치부해 버리는 최식환.

이쪽의 의견을 그냥 몇몇 반골 기질을 가진 의사들의 주장으로 몰아붙이기 위한 행동이었다.

'그럴 줄 알았지.'

어떻게 해서든 수술의 정당성을 인정받아야 하니 그에 반대하는 사상을 낮게 보려고 하는 수작이다.

"단순 논쟁이라고 생각하시나요?"

"그렇습니다."

"그러면 한 가지만 묻겠습니다. 우리나라 의료 체계는 그런 논쟁에 상관없이 국민의 건강과 안전을 위해 구성되어 있지요. 아닌가요?"

"그렇습니다. 우리나라의 의료는 세계적인 수준이지요."

왠지 모르게 자부심으로 가득한 얼굴로 노형진을 바라보는 최식환.

그러나 그게 실수였다.

"그런데 왜 포경수술은 의료보험이 해당되지 않습니까?"

"에…… 뭐라고요?"

"현행법상 의료보험은 국민들의 필수적인 건강과 안전을 위해 필요한 지원을 하도록 되어 있습니다. 질병이나 기타

염증 등 의료적인 문제를 막기 위해 질병에 대해 조사하고 치료하는 비용을 지원합니다. 그렇지요?"

"그렇습니다만……."

노형진이 어떤 방향으로 공격하는 건지 알아차린 최식환은 어쩔 줄 몰라 했다. 자신이 뭐라고 할 만한 게 아니었기 때문이다.

"아까도 말씀드렸다시피 포경수술은 비급여 수술, 그러니까 의료보험의 혜택을 받지 못하는 수술입니다. 그런데 피고측 변호인의 말씀대로 필수적인 수술이라면, 국가는 왜 이걸 비급여로 둘까요?"

"에……."

"그렇지 않습니까? 비급여라는 건 국민의 건강과는 그다지 상관없는 수술이거나 일반인들은 대부분 모르는 아주 희귀한 질병일 경우에 해당됩니다. 일반적으로 국민의 안전을 위하여 필수적이라고 인정된다면 그건 국민 건강보험상의 급여 대상이 되며 국가에서 의료비를 지원해 줍니다. 그런데 이 포경수술이라는 것은 어째서 비급여일까요?"

설마 의료보험을 들고 나올 거라 생각하지 못한 것인지 최식환은 순간 말이 턱 막혔다.

이런저런 과학적 논쟁이 오갈 거라 생각해서 그쪽으로 많이 준비하기는 했다. 하지만 국민 건강보험 쪽은 전혀 예상하지 못한 질문이었다.

"그거야⋯⋯."

맞는 말이다.

국민 건강보험, 속칭 의료보험이라고 하는 것은 국민들에게 필수적인 치료에 관해서는 모두 지원해야 한다.

"감기나 폐렴에서부터 암까지, 사람들이 주로 걸리는 질병은 대부분 급여 처리가 됩니다. 그런데 왜 포경수술은 급여 처리가 안 될까요?"

"의료보험 공단에서 일을 제대로 하지 않아서 그런 겁니다."

"그게 말이 된다고 생각하십니까? 애초에 대한민국 남성 대부분이 받는 수술입니다. 그리고 피고 측 주장대로 필수적이라면, 비급여가 되어서는 안 되죠. 의사들도 적극적으로 보장을 요구해야 하구요."

"⋯⋯."

'헹, 그건 말을 못 하겠지.'

의학적으로 그게 필수가 될 수 없다는 것을 알기 때문에 말을 못 하는 것이다.

더군다나 비급여에서 급여로 바뀌게 된다면 대한민국에서 그 진료비를 통제하게 된다.

현재 포경수술의 비용은 최하 30만 원이다. 그나마도 지방을 기준으로 한 거지, 경기권만 해도 40만 원은 줘야 한다.

'그런데 급여로 하면 어떻게 될까?'

그 난이도나 필요성을 따지게 된다면 잘해 봐야 몇만 원

나올 것이다.

"그 부분에 대해서는 몇 차례 항의해 봤습니다만……."

"글쎄요. 공식적으로는 항의 기록이 없던데요?"

"뭐라고요?"

"의료보험 공단에 정식으로 질의해서 답변을 받았습니다. 공식적으로 의료 단체 또는 의사로부터 포경수술에 관련되어 비급여 문제로 항의 및 급여 요구를 받은 적이 없음. 이게 그쪽 답변입니다. 진짜로 필수적인 수술이라면 의사들이 급여 요구를 해야 하는 거 아닌가요? 설사 수익률 때문에 안 한다고 해도, 국가에서 급여로 처리해 줘야 하는 거 아닌가요?"

"……."

최식환은 이를 갈면서 노형진을 바라보았다.

간단한 문답만으로 국가라는 세력을 등에 둔 형태가 되어 버리자 공격하기 쉽지 않았기 때문이다.

'어쩌겠어?'

이걸 반박하려면 국가의 무능에 대해 논해야 한다. 당연히 준비가 미흡할 수밖에 없다.

'그리고 대법원장이라는 존재가 그렇지.'

대법원장은 훌륭한 성품과 능력만으로 올라갈 수 있는 자리가 아니다.

그 자리에 올라가기 위해서는 소위 말하는 정치적 행위도 있어야 한다.

'그리고 그런 정치적 행위의 뒤쪽에는 정부가 있지.'

즉, 한평생을 정부라는 존재의 앞잡이로 살아온 그에게 정부의 무능에 대해 말하라고 하면 순간 말을 못 할 건 당연한 일이다.

모르니까.

그쪽으로는 전혀 들은 적도 없을뿐더러, 있다고 해도 부정하는 것이 그의 업무 중 하나니까.

"그 부분에 대해서는 나중에 확인해 보도록 하겠습니다."

진땀을 흘리면서 뒤로 물러나는 최식환.

그러면서 재빨리 판사에게 눈치를 줬다.

그러자 그 눈치를 받은 판사는 재빨리 재판을 끊었다. 제대로 시작된 것도 없는데 말이다.

"오늘은 첫 재판이고 하니 이쯤에서 끝내는 게 좋겠군요. 피고 측이 충분히 준비되지 않은 듯하니."

'그렇지. 이게 전관의 좋은 점이지.'

노형진은 속으로 씁쓸하게 웃었다.

전관을 쓰는 이유. 그건 재판의 흐름 자체를 뒤집을 수 있기 때문이다.

판사 자체가 전관의 승리를 위해 움직이게 되니까.

물론 당당하게 폐정을 신청해도 받아 주기는 한다. 하지만 신청을 한다는 행위 자체가 자신이 불리하다는 것을 인정하는 짓이다.

'그리고 그 행동을 하기 싫다는 거지.'

최식환은 그 행동이 싫어서, 자신이 불리하다는 것을 인정하고 싶지 않아서 눈치를 준 것이다.

'좀 골 때리는 사건이 되겠군.'

노형진은 입맛을 다실 수밖에 없었다.

⚖

"전관이라······."

송정한은 사건 기록을 보면서 곤란하다는 얼굴이 되었다.

"최식환이면 그만둔 지 좀 되기는 했지만 그래도 파워가 아직 살아 있는 사람인데 말이지. 의사들이 다급하기는 한 모양이군."

"우리가 언론에 뿌려 버렸으니까요."

만일 언론에 뿌리지 않았다면 그들은 신경을 쓰지 않았을 것이다.

이기든 지든, 흔해 빠진 사건으로 끝났을 테니까.

"하지만 언론이 뿌려지면 이야기가 달라집니다. 이건 대한민국 포경수술의 정당성 판단을 하는 재판이니까요."

"이해는 하네. 상대방이 어떻게 나올 거라 생각하나?"

"글쎄요······. 뭐, 그들이 주장하는 것은 언제나 똑같았으니까요."

그들의 이야기를 들으면 진짜 1800년대 의술을 논하는 것 같다. 모든 질병이 포경수술을 안 해서 발생하는 것처럼 슬쩍슬쩍 끼워 넣는 것이다.

　"어차피 사건에 관련해서 준비는 모두 끝났습니다. 논리적으로 이쪽이 이길 수밖에 없죠."

　"문제는 전관이군."

　"네."

　전관의 문제점은 논리적으로 이쪽이 옳다고 해도 결국은 저쪽 편을 들어 주게 된다는 것이다.

　"대법관이라……. 대법관 전관이면 살인도 면한다는 말이 있지."

　특히 대법관 정도 되면 진짜로 살인도 면할 수 있다.

　"일단은 논리로 밀어붙여 봐야지요. 논리가 안 된다면……."

　그때는 다른 방법을 쓰는 수밖에 없을 것이다.

다시 시작된 재판.

그 재판에서 최식환은 아니나 다를까, 의사들이 준 자료를 그대로 읽는 수준이었다.

'전관도 약점이 없는 건 아니야. 이게 문제지.'

오랜 시간 판결만 하다 보니 공격법을 모르는 것이다.

특히나 대법원에서 나올 정도면 나이가 있어서 실력만 따지고 보면 일선 변호사보다 공격 방식에 있어서는 많이 약한 것이 사실이다.

"포경수술은 오래전부터 시작된 수술입니다. 미국에서는 무척이나 유행하고 있고, 또한 미국의 의사들도 추천해 주는 수술입니다. 포경수술을 하게 되면 위생적으로 안정될 뿐만 아니라 그 편리성도 증대됩니다."

'내가 한국을 등에 업었다고 미국을 끼워 넣겠다 이건가?'

노형진이 물어봤던 한국 의료보험이 왜 포경수술을 비급여로 두는지에 대해서는 대답하지 않고 다른 주제로 밀어붙이는 최식환.

이는 분명 대답하기 곤란하다는 의미일 것이다.

"재판장님."

"말씀하세요."

"제가 지난번 재판 때 왜 비급여인지 답변해 달라고 했는데 피고 측은 아직 그 답변을 하지 않았습니다."

노형진은 그 부분을 그냥 쉽게 넘어가고 싶지 않았기 때문에 정확하게 물어봤다.

그러자 어물쩍 넘어갈 생각을 하던 최식환은 순간 얼굴을 찌푸렸다.

"아직 정식으로 답변이 오지 않았습니다."

'그렇겠지.'

노형진은 피식 웃었다. 답변이 안 올 수밖에 없다.

"질문한 게 있어야 답변이 오지요. 어제 저희가 질문한 것에 대해서는 답변이 왔습니다. 포경수술의 비급여에 관련하여 정식으로 질문이 접수된 것이 없다고 말입니다."

"큭."

설마 정말 질문을 했는지까지 확인했을 거라 생각하지 못한 최식환이었다.

'너희가 하겠니?'

할 리 없다. 하면 날아올 답변은 뻔하니까.

그 답변을 피하고 싶은 자들이 질문을 할 리 없다.

"일정이 촉박하다 보니 아직 질문을 못 했습니다."

'말이 되는 소리를 해라.'

질문 여부를 확인하는 질문에는 답변이 왔다. 그렇다면 시간은 넉넉했다는 뜻이다.

"자, 자! 일단 정식 답변이 오지 않았으니 그 부분은 나중에 질의하도록 하지요. 피고 측 변호인의 변론에 원고 측은 할 말 없습니까?"

슬쩍 질문을 무마해 주는 판사.

노형진은 그런 그를 물끄러미 바라보다가 고개를 끄덕거렸다.

'뭐, 이쯤에서 넘어가 주지.'

저들을 공격할 방법은 많다. 작은 것에 매달려 봐야 재판만 길어질 뿐이다.

"일단 미국에서 포경수술이 유행한 것은 인정합니다. 그러나 그건 한때입니다."

"한때?"

"네."

"미국에서 포경수술이 유행한 것은 60년대입니다."

"그거 봐요. 미국이 더 선진국이니까 선견지명으로 그런 거 아닙니까?"

당당하게 말하는 최식환.

하지만 그는 미국에서 60년대에 유행했다는 사실을 노형진 이 알고 있다는 점이 더 무서운 거라는 걸 이해하지 못했다.

"그 당시 포경의 목적은 자위를 막기 위해서였습니다."

"뭐라고? 자위?"

"그렇습니다. 여러분은 다들 자위행위를 많이 하면 뼈가 삭는다는 말을 많이 들어 보셨을 겁니다. 그 당시 의사들은 비슷한 생각을 했지요. 자위행위로 인해 여러 가지 질병이 발생한다고 생각했고, 이를 막기 위한 수단으로 포경이 시술 되었습니다."

"무슨 그런 말도 안 되는 소리를 합니까? 헛소리……."

피식하고 비웃는 최식환.

물론 누가 들으면 헛소리라고 할 만하다. 하지만 역사가 언제나 올바른 것은 아니다.

과거에는 목욕하면 병에 걸리는 줄 알아서 귀족들이 목욕 을 하지 않았고, 그 지독한 냄새를 감추기 위해 향수가 발달 했다고 한다.

이처럼 특정 국가가 지금 잘산다고 해서 그들이 언제나 지 혜로웠던 건 아니었다.

"재판장님, 이를 증명하기 위해 그 당시 미국의 과학 논문을 제출하는 바입니다."

"뭐라고?"

최식환은 정신이 번쩍 들었다.

그 말은 오늘 자신이 해 온 방어 준비를 노형진은 이미 깰 준비를 해 왔다는 뜻이 되기 때문이다.

'그러고 보니……'

최식환은 등골이 오싹해졌다.

분쇄기라 불리는 남자.

재판을 해 보지는 않았지만 그에 대한 소문은 많이 들었다.

이쪽에서 어떤 방어를 준비하든 그걸 예상하고 깨트릴 준비까지 하고 오는 남자.

'이놈이?'

그리고 그 대상이 되었다는 생각에 최식환은 분노에 차서 부들부들 떨었다.

'당해 보니 어이가 없나 보군.'

노형진은 그의 시선을 모른 척하면서 속으로 웃었다.

하긴, 당하는 사람 입장에서는 열 받을 만한 일이니까.

노형진은 그저 변론에 집중할 뿐이었다.

"이 기록에 따르면 포경의 목적은 자위행위 차단을 통한 생리적 에너지의 보존이 목적입니다. 현재 미국은 포경수술이 거의 진행되지 않는 나라 중 한 곳입니다. 미국뿐만 아니라 대부분의 나라들이 그렇지요."

"헛소리! 포경수술은 전 세계적으로 이루어지고 있는 일반적이고 보편적인 수술입니다. 선진국들은 다 해요! 일부 지역에서나 안 하지!"

"그래요? 그러면 이 지도는 어떻게 보십니까?"

"그건……?"

"국제의료학회가 제출한, 전 세계 포경수술에 관련된 지도입니다. 이 지도는 성인 남성을 기준으로 얼마나 많은 사람들이 포경수술을 했는지를 알려 줍니다. 그리고 이 기록에 따르면 미국의 포경수술의 수준은 고작 20%에 불과합니다."

"음……."

최식환은 그 지도를 바라보면서 침을 삼켰다.

'모른 척하고 싶겠지.'

하지만 현실이다.

"현재 포경수술을 하는 나라는 이슬람 국가와 유대교 국가를 위시한 일부 국가들뿐입니다. 그리고 이슬람 국가와 유대교는 교리에 의해 포경수술이 의무화되어 있지요. 전 세계적으로 이슬람과 유대교 지역을 제외한 나라 중 포경수술이 발달한 나라는 우리나라와 필리핀뿐입니다. 일단 잘사는 선진국이라고 하셨으니 경제적 요건을 기준으로 판단하셨다는 의미일 테고, 그럼 종교적 부분은 빼고 판단해야겠군요. 그렇다면 남은 건 한국과 필리핀뿐인데, 그중에서 잘사는 나라는 한국인가 봅니다?"

노형진이 비꼬면서 말하자 최식환의 주먹에 힘이 들어갔다.

"반대로 소위 말하는 선진국 반열에 들어간 나라들은 수술을 권하지 않습니다. 영국 비뇨기과 학회지의 발표에 따르면 한국 사람들은 선진국일수록 수술한다는 판단을 한다고 합니다. 그것도 의사들을 기준으로 설문 조사를 했을 때 나온 말입니다. 그러나 전 세계적으로 선진국으로 분류되는 국가들은 도리어 비율이 낮습니다. 스웨덴과 덴마크 그리고 일본의 포경수술 비율은 1%에서 2% 사이입니다. 스웨덴의 경우는 아동에 대한 포경수술을 전면 금지하고 있으며, 성인이라고 할지라도 이슬람 또는 유대인같이 종교적 신념에 의한 수술에 한해서만 인정하고 나머지는 불법으로 취급하고 있습니다. 저는 필리핀보다는 스웨덴이나 핀란드가 선진국이라고 생각합니다만?"

노형진은 깔끔하게 선진국론을 막아 버렸다.

"도리어 못사는 나라일수록 수술이 많이 이루어집니다. 아프리카나 중동 등 말입니다."

노형진의 말에 최식환은 다른 방법으로 반격하기 시작했다. 그건 다름 아닌 위생이었다.

"그건 그들이 더럽기 때문에 위생을 위해서 하는 겁니다. 물론 일부 선진국들이 포경수술을 하지 않는다는 건 알겠습니다. 하지만 반대로 생각해 보면 더러운 나라에서 위생을 위해 포경수술을 한다는 것은 그만큼 위생에 도움이 된다는 뜻 아니겠습니까?"

의사들이 주장하는 것 중 하나가 바로 포경수술을 하면 위생이 좋아진다는 것이다.

이것은 실제로 우리나라에서 가장 널리 알려진 이유 중 하나이며, 또한 수술을 하는 가장 큰 이유 중 하나다.

"이 기록에 따르면 포경수술을 한 지역과 포경수술을 하지 않은 지역의 에이즈 감염률은 두 배 이상 차이가 납니다. 즉, 포경수술이 에이즈를 막아 준다는 뜻입니다."

노형진은 어이가 없어서 입이 떡 벌어졌다.

'이건 또 뭔 개소리야? 어떻게 그게 그렇게 돼?'

A가 B라고 해서 B가 A라는 법은 없다. 그런데 최식환은 그게 같은 거라고 주장하고 있었다.

'모를 리는 없고⋯⋯.'

최식환쯤 되는 사람이 그걸 모를 리는 없다. 그렇다면 목적은 하나.

'조작이군.'

확실히 자신이 알지 못하는 자료이기는 하다. 그리고 그걸 이용해서 자신을 꺾으려고 하는 게 분명했다.

하지만 그래도 너무 말이 안 되는 소리였다.

'에이즈를 막는다라⋯⋯. 개소리구먼.'

에이즈는 성관계를 통해 전염된다.

정확하게 말하면 체액을 통해 전염이 된다고 표현해야 한다.

즉, 수술을 했다고 에이즈에 안 걸린다는 건 말도 안 되는 소리다.

"잠깐 그 자료를 볼 수 있을까요?"

"여기에 있소."

득의양양하게 자료를 넘겨주는 최식환.

자신이 가진 자료가 확실하게 효과가 있을 거라 생각하는 모양이었다.

'확실히……'

노형진은 그 논문을 보면서 고개를 끄덕거렸다. 조작된 논문은 아니다.

'하지만 논문에서도 속이는 방법은 많지.'

논문이란 사실을 쓰는 것이다. 그런데 그걸 가짜로 만드는 것도 문제이지만 그걸 이상하게 해석하는 것도 문제다.

노형진이 봤을 때 최식환이 쓴 방식은 그것이 분명했다.

'흠……'

노형진은 그 논문을 물끄러미 바라보았다.

"원고 측, 시간을 끌지 마세요. 재판이 장난입니까?"

이번에는 자신이 이겼다는 생각에 자신만만한 최식환.

노형진은 어쩔 수 없이 물러나는 수밖에 없었다.

"이에 대해서는 저희도 나중에 답변하도록 하겠습니다."

노형진이 물러나자 최식환은 득의양양한 미소를 지었다.

"이 자료에서 보다시피 위생에 관해서는 포경수술을 하는 것이 훨씬 안전하다는 것이 드러났습니다."

최식환의 공격이 계속되었지만 노형진은 그저 입을 다물고 있을 뿐이었다.

"이번에는 자네가 물러난 건가?"

"제가 약점을 잡혔으니까요."

"약점?"

"네, 그 상황에서 제가 반격해 봐야 일거리만 만들 뿐입니다."

"응?"

"최식환은 위생에 관해서는 제가 모른다고 생각하는 겁니다. 물론 실제로 모른다고 한 셈이지요. 그래서 그 후에 그의 모든 변론은 포경수술이 위생적으로 안전하다는 것에 집중되었습니다. 제 약점이라 생각해서 집중 공격한 거지요."

"그런데?"

"제가 만일 다른 주제를 꺼내 들었다면 또다시 그걸로 싸워야 합니다. 하지만 제가 물러났으니 그는 그걸 집중 공격했고, 제가 그걸 파괴하기면 하면 저들은 다음 변론을 준비할 시간이 없을 겁니다. 아마도 그게 우리 쪽의 약점이라고 생각하고 몰아붙일 테니까요."

"아!"

노형진이 모르는 건 확실했다. 하지만 그렇다고 해서 그냥 당하는 건 아니었다.

"약점도 전략이라 이건가?"

"네. 어떤 새는 마치 날지 못하는 것처럼 꾸며서 천적을 둥지에서 먼 곳으로 끌어낸다고 합니다. 진짜 약점을 감추기 위해 가짜 약점을 만들어 내는 거죠."

지금이 그렇다.

확실히 에이즈에 관련된 논문이 예상외이기는 하지만 못 막을 정도는 아니었다.

"일종의 가드 전략이죠."

고의적으로 약점을 보여 줘서 공격을 그쪽으로 쏠리게 하는 것이다.

"약점이 찔리면 아프지만 이건 진짜 싸움이 아니라 재판이니까 아파서 못 움직이는 일은 없습니다. 그리고 그렇게 오는 방향이 정해지면 저로서는 방어하기 쉬워지지요. 방향을 아니까요."

"자네…… 거참……."

송정한은 혀를 내둘렀다.

설마 약점마저도 무기로 삼을 거라고는 생각도 못 했던 것이다.

"하지만 이 자료는 어떻게 나온 건지 이해가 안 되는군요. 자료 자체가 조작된 걸까요?"

포경수술을 해서 에이즈를 막는다?

그건 말도 안 된다.

체액으로 전염되는 에이즈의 특성상 포경과는 하등 관련이 없기 때문이다.

애초에 포경으로 질병을 막는다는 것은 1800년대의 지식 수준이다. 물론 일부 성병을 막을 수 있을지는 몰라도, 암이나 에이즈를 막는다는 것은 말도 안 되는 소리다.

"봐 봐."

손채림이 노형진에게서 그 자료를 받아서 살피기 시작했다.

"의사도 존재하는 사람이고 소속 대학도 존재하는 곳이야. 그다지 유명한 곳은 아니라고 하지만 말이지."

"흠……."

문득 손채림은 묘하다는 생각을 했다.

"포경과 에이즈를 왜 조사하지?"

"응?"

"이 사람 말이야, 포경과 에이즈의 상관관계에 대해 조사해서 논문을 쓴 거잖아?"

"그렇지."

"좀 뜬금없는 주제 아니야?"

"그런 주제를 가지고 조사하는 사람들이야 많지. 그게 과학 발전의 원인이고."

"그런가? 하지만 그래도 이상한데. 그렇잖아, 아침에 일어

나서 '아, 난 이걸 조사해야지.'라고 생각하는 사람은 없잖아. 목적이 있기 마련 아냐?"

"목적?"

"그래. 그런데 이 논문에서는 그런 게 전혀 안 느껴져. 마치 결과만 보여 주고 싶어 한달까?"

"응?"

노형진은 그걸 쭉 다시 한 번 살폈다.

그러자 손채림의 말대로 이상하다는 걸 확실히 알 수 있었다.

"확실히……."

모든 연구에는 목적이 있다. 그리고 그 목적은 연구 전반에 흐르기 마련이다.

가령 연비를 줄이는 게 목적이라면 그것과 관련된 정보를 언급한다거나 현재 차량들의 연비에 관해서 논해야 한다.

그런데 이 논문에는 그런 게 없었다. 아니, 아예 없었다기보다는, 전혀 이해가 가지 않았다.

"오로지 에이즈에 관해서만 조사한 거라 해도 이건 말도 안 되는데?"

물론 질병을 추적하는 거야 의사들이 하는 일이다. 그러나 그들이 조사할 때 특정 질병이 중심은 될지언정 다른 질병이 아예 배제되는 경우는 드물다.

더군다나 에이즈의 경우에는 더욱 그렇다.

에이즈의 정식 명칭은 후천성면역결핍증. 즉, 면역력이 제로가 되는 질병이다.

에이즈 자체가 위험한 게 아니라 에이즈로 인해 단순 감기마저도 치명적인 질병이 되기 때문에 위험한 것이다.

"그런데 다른 질병에 대한 이야기가 전혀 없어."

오로지 에이즈만 추적해서 공개한다? 그건 말도 안 된다.

"혹시 말이야, 그런 논문 아니야?"

"그런 논문이라니?"

"맞춤 논문 말이야."

"아!"

맞춤 논문.

그건 어떤 명제에 대해 정당성을 주기 위해 그 조사 과정이나 연구 과정 자체가 조작된 것을 말한다.

애석하게도 그런 사건들은 적지 않아 그런 논문들이 그 목적의 예시로 사용된다.

"하긴……."

대표적인 예가 2차대전 당시에 히틀러 치하에서 쏟아져 나온 아리아인에 대한 찬양이었다.

유전학적으로 아리아인들이 더욱 우월하다는 논문들이 그 당시 엄청나게 나왔지만, 모두 정권의 입맛에 맞게 만들어진 논문들이었다.

도리어 히틀러가 아리아인의 증표라고 주장했던 금발에 파란 눈은 유전학적으로 열성이라는 게 현대 의학계의 연구 결과다.

물론 여기서 말하는 열성은 나쁘다는 게 아니다, 유전학적으로 발현되기 힘들다는 뜻일 뿐.

즉, 히틀러의 주장대로 금발에 파란 눈을 아리아인의 기준으로 삼으면 도리어 대다수의 아리아 혈통은 인정되지 않는다. 열성이기 때문에 그러한 특징이 드러나지 않으니까.

"그렇다면 이 논문도 조작되었다는 건데."

"우리나라처럼 이권 때문에 조작하는 사람이 없다고는 말 못 하니까."

"흠……."

외국이라고 해서 마냥 깨끗한 것은 아니다.

이 논문을 쓴 사람은, 어떤 목적에서인지는 몰라도 이런 연구 결과가 필요했다는 뜻이리라.

"그건 이미 시간이 지나서 상관없지. 의미도 없고. 문제는 어떻게 조작했느냐야."

조작한 방식을 알아내지 못하면 자신들이 아무리 조작이라고 주장해 봐야 의미가 없다.

"글쎄…… 대상을 선별했나?"

"그건 너무 위험한 조작인데? 더군다나 지역별로 조사한 거야. 그 지역에서 대상을 선별한다는 것은 결과적으로 에이즈 안 걸린 사람만 한다는 건데, 그건 연구 자체가 아니지."

아무리 그가 조작한다고 해도 그 정도까지 할 만큼은 아닐 것이다.

설사 한다고 해도 걸리지 않을 다른 방법을 찾았을 것이다.

"흠……."

손채림은 물끄러미 논문을 바라보다가 문득 무언가를 떠올렸다.

"이 논문은 아프리카에서 작성된 거지?"

"그렇지. 아무래도 에이즈에 관련된 테스트를 하려면 아프리카만한 곳이 없는 게 사실이니까. 유럽에서 그걸 테스트할 수는 없잖아?"

일단 인간적인 면을 빼더라도 유럽에서 이런 식으로 조작했다면 쉽게 걸릴 것이다. 그 조사 대상과 연락하는 것은 어려운 것이 아니니까.

"아!"

그다음 순간 손채림은 뭔가를 알아챘다.

"병원!"

"응?"

"이 검사를 한 병원 말이야. 그게 문제 아냐?"

"병원? 병원이 왜?"

"아프리카에는 병원이 별로 없잖아."

"그렇지."

아프리카는 의학적으로 낙후된 지역이다. 그래서 병원이라고 해 봐야 무척이나 적은 것이 현실이다.

"그런데 병원이 있다는 것 자체가 의료 혜택을 받고 있는 지역이라는 거잖아?"

"그거야 그런데……. 잠깐! 그렇구나!"

노형진은 바로 손채림이 무슨 생각을 하는지 알아차렸다.

의료 서비스 중에는 단순히 병을 치료하는 것만 있는 게 아니다. 그중에는 병을 예방하는 것도 있다.

"그리고 공급 물품 중에 콘돔도 있지?"

"그래."

의료 서비스를 받을 수 있다는 것. 그건 콘돔이 공급되는 지역이라는 뜻이다.

그리고 콘돔이 에이즈를 비롯한 성병이 퍼지는 것을 막는 데 큰 효과가 있다는 것은 이미 드러났다.

"만일 지역별로 샘플을 모았다면……."

"의료 지원이 되지 않는 곳과 되는 곳의 차이는 엄청나겠지."

한국만 해도 종합병원이 있는 곳과 없는 곳의 차이는 어마어마하다. 그런데 아프리카는 얼마나 큰 차이가 나겠는가?

"큭."

꼼수는 밝혀졌다.

이번 사건을 위해 조작한 것은 아니겠지만 어찌 되었건 지역별로 구분해서 조사함으로써 마치 포경수술이 에이즈를 막은 것처럼 일종의 착시를 일으킨 것이다.

"확실히 방법은 알겠는데……."

하지만 손채림은 얼굴을 찌푸렸다.

"이걸 확인하기 위해 아프리카까지 갈 수는 없잖아?"

어떤 병원에서 어떻게 나오는지, 공급되는 게 뭔지, 얼마나 넓은 지역을 커버하는지 알지 못하면 이걸 반박하지는 못한다.

"걱정하지 마. 이 건에 대해 아는 곳이 한 곳 있으니까."

"그곳이 어딘데?"

"국경없는의사회의 자료에 따르면 이 논문은 조작되었습니다."

노형진은 두툼한 서류철을 던지면서 외쳤다.

조작이라는 말에 다들 당혹했다. 논문이 조작되었다는 것은 생각지도 못한 말이었기 때문이다.

"국경없는의사회가 여기서 왜 나옵니까?"

최식환은 화를 버럭 냈다. 자신과 관련이 없는 곳이라고 주장하려고 하는 것이리라.

'너랑은 관련이 없겠지. 하지만 이 논문 자체랑 관련이 있다는 것은 너도 몰랐을 것이다.'

노형진은 국경없는의사회를 통해 아프리카에 있는 해당 병원에 대해 알아보려고 했다. 그런데 국경없는의사회에서 해당 논문을 알고 있는 것이 의외의 성과였다.

"해당 논문은 아프리카에서 일하던 의사가 지원금을 더 받아 내기 위해 조작한 논문이라고 합니다. 포경수술을 하면 질병을 더 막을 수 있다고 논문을 올리면 지원금이 나오는데, 그걸 착복하려고 한 것이지요."

"뭐라고요?"

"그게 무슨……."

"국경없는의사회에 해당 사건에 대해 조사한 기록이 있었는데, 이게 그 사건을 조사한 내역입니다."

"큭."

논문만 찾아봤지, 그와 관련된 사건이 있을 거라 생각하지 못한 최식환은 당황해서 말이 안 나왔다.

"결과적으로 포경수술은 에이즈와는 아무런 관련이 없다는 뜻입니다. 이건 다른 질병에도 마찬가지겠지요. 특히 이 서울대 논문에 따르면……."

"서울대?"

"네."

노형진은 의학 전문가가 아니다. 그러나 어디서 정보를 얻어야 하는지는 알고 있다.

국경없는의사회는 말 그대로 의사들의 집단.

그곳에서는 관련 논문의 존재를 알고 있었다. 정확한 논문의 존재만 안다면 찾는 것은 어려운 일이 아니었다.

"서울대의 연구에 따르면 포경수술은 위생과는 그다지 관련이 없다고 합니다. 포경수술의 대상이 되는 표피에는 자체 저항 능력이 존재한다는 뜻이지요. 그리고 냄새나 이물질의 경우는 단순한 씻는 것에 관련된 문제이지, 위생적으로는 아무런 관련이 없다고 합니다."

"거짓말입니다!"

"아닙니다. 관련 증거가 여기에 있습니다. 이건 미국의 유명 비뇨기과 닥터인……."

저들은 위생이라는 타이틀로 노형진은 공격했다. 하지만 이제는 그 반대가 되었다.

노형진은 국경없는의사회의 도움을 받아서 관련 자료들을 충분히 확보한 것이다.

"크흠…… 재판장, 폐정하세요."

"네?"

"폐정하라고! 아니…… 폐정해 주십시오."

상황이 불리하게 굴러가자 다짜고짜 폐정을 요구하는 최식환.

이제 막 재판이 시작된 시점에서 폐정한다는 것은 말도 안 되는 소리다.

의사들도, 기자들도 가득한데 말이다.

"아…… 폐정하겠습니다."

하지만 판사는 어쩔 수가 없었다.

상대는 대법관 출신이고, 자신을 파멸시킬 수 있는 힘을 가지고 있다.

"아, 뭐야."

"자기가 불리하니까 도망가는 거 아냐?"

"너무하네. 원고 측은 불리해서 두들겨 맞았어도 도망은 안 갔다."

웅성거리는 기자들. 그리고 얼굴을 찌푸린 의사들.

탕탕탕.

의사봉이 요란스럽게 두들겨지고 판사의 목소리는 높아졌다.

"폐정하겠습니다. 다음 기일은 따로 정하겠습니다."

"이게 무슨 재판이야!"

"야, 전관도 작작 해라!"

그러나 이미 피고 측과 판사는 나가고 있었고, 제대로 말도 못 한 노형진만 당황해서 멍하니 서류를 들고 서 있을 뿐이었다.

⚖

"당황한 모양이네."

"이런 걸 당해 본 적이 없을 테니까."

판사였을 테고 나와서도 전관이니까 핀치에 몰린 적이 없었을 것이다. 하지만 자신이 코너에 몰리자마자 본성을 드러낸 것이다.

"그래도 이건 아닌 것 같은데. 언론에 나가면 어쩌려고."

"안 나가."

"뭐?"

"넌 모르겠지만 재판 끝난 후에 의사들이 기자들한테 일대 일로 마크하더라."

"마크라니?"

"이거지."

손가락으로 동그라미를 만들어서 보여 주는 노형진.

"뇌물?"

"그래, 아마 좋게 말했을 거야. 대놓고 하지 말라고 하면 도리어 반항하는 게 기자들이거든. 그러니까 오프더레코드 라고 하겠지."

"헐……."

실제로 재판이 끝난 지 이틀이 지났지만 이번 사건에 대해 얘기하는 사람은 없었다.

"하지만 내 친구도 그랬다고?"

"아니, 아마도 위에서 잘랐겠지."

"응?"

"기자가 글을 쓴다고 다 올라가는 건 아니잖아."

"하긴."

위에서 올리지 못하게 하면 그 기사는 소리 소문 없이 사라진다.

"지금까지야 어찌 되었건 가십 수준이지만 이제는 아니게 된 거지."

의학적인 자료들이 진짜로 튀어나오기 시작하자 의사들로서는 다급해질 수밖에 없었다.

이 사건은 그저 가십으로 끝났어야 했다. 하지만 국경없는 의사회 같은 공신력이 있는 집단이 노형진 쪽으로 붙어 버리니 곤란해진 것이다.

"아마 더 이상 사건이 진행되는 것을 원하지 않을 거야."

"그래서? 판사에게 뇌물이라도 쓸까?"

"그럴지도. 하지만 이미 관심을 끌어 놔서, 판사도 섣불리 못 하지."

기자들이 일단은 입을 다물었겠지만 이들이 재판에서 진다면 가차 없이 물어뜯을 것이다.

"하지만 판결은 판사가 하는 거잖아?"

"이번에는 아니야."

"응?"

"이번에는 기자들이 하게 될 거야."

"그게 무슨 소리야?"

"기자들이 이야기를 안 할 수가 없는 소재로 터트릴 거야. 그러면 기자들은 설사 판사가 우리에게 졌다고 판결을 내린다고 해도 기사를 내겠지."

"뇌물로 다시 묻어 버리려고 할까?"

"아니, 안 될 만한 것이 있어."

"뭔데?"

"19금이라서 비밀."

"미친. 내 나이가 몇인데. 19세는 벌써 오래전에 지나갔다."

"알아, 알아. 그냥 재미있는 장면을 기대해 보라고. 후후후."

노형진은 마지막으로 들어올 공격에 대해 생각하면서 키득거렸다.

⚖

"증인을 신청합니다."

더 이상 서류 싸움으로 가능성이 없다고 생각하자 최식환은 바로 증인으로 넘어갔다.

어차피 대한민국의 비뇨기과 의사들은 모두 자신의 편이다. 노형진이 자신의 편을 들어 줄 의사를 구하는 것은 불가능하다.

실제로 노형진은 최식환과 의사들이 증인 작전으로 나올 것을 예상하고 반박할 의사를 구하려고 했다.

'하지만 안 한다고 했단 말이지.'

작은 병원은 포경수술로 얻는 수익이 적지 않기 때문에 당연히 거절했고, 그게 의미가 별로 없는 큰 병원이라고 할지라도 비뇨기과에서 포경수술이 가지는 가치가 얼마나 큰 것인지 알고 있는 의사들은 진술을 거부했다.

심지어 논문으로 포경수술이 의미가 없다는 글을 쓴 사람들조차도 말이다.

'의사들은 끼리끼리 뭉치니까.'

그리고 의사들이 증언까지 해 가면서 총공세를 펼치면 논문보다 확실히 더 파워가 강할 수밖에 없다.

"소개 부탁드립니다."

"전 서울에서 비뇨기과를 하고 있는 임만춘이라고 합니다."

반백의 나이가 넘어가는 남자는 느긋하게 자신을 소개했다.

"증인은 왜 여기에 나왔는지 알고 있습니까?"

최식환의 직설적인 질문.

"그렇습니다. 포경수술에 관련된 의학적 소견을 밝히기 위해 왔습니다."

"그러면 전문가적 입장에서 포경수술은 어떤 수술이라고 생각하십니까?"

"당연히 필수적인 수술이라고 생각합니다. 포경수술은 남성 성기의 냄새와 질병을 막을 수 있을 뿐만 아니라 여성의 자궁 경부암도 막을 수 있습니다."

"암의 경우에는 여러 가지 이유가 있습니다. 반대되는 연구 결과도 있다고 아는데요. 아닙니까?"

"글쎄요. 전 모르겠군요."

딱 잡아떼면서 전과 똑같은 주장을 하는 임만춘.

"만일 포경수술을 하지 않으면 어떤 일이 벌어지지요?"

"성병에 노출되고 성기 기능과 성적 활력이 저하됩니다."

"그러면 포경수술은 그런 걸 적극적으로 보호해 주는 역할을 하는군요."

"그렇습니다."

"재판장님, 보다시피 증인은 전문가로서 포경수술의 유용성에 대해 말하고 있습니다. 물론 반대되는 논문도 많습니다. 하지만 필요하다는 논문이 더 많습니다."

'당연하지.'

포경수술 옹호론은 수십 년째 이어지고 있는 것이다. 그에 반해 반대론은 과학기술이 발전한 최근에야 전면적인 조사를 통해 드러나고 있는 상황이다.

"물론 포경수술이 전근대적으로 보일 수는 있습니다. 하지만 포경수술은 자라나는 청소년기에게 꼭 필요한 수술로, 청소년의 성 건강을 위해서는 절대적으로 필요한 것입니다."

몇 가지 질문을 던진 최식환은 바로 말을 마쳤다.

그러나 그 질문 자체가 다 자신들에게 유리한 것들이었다. 그리고 그건 익히 예상하고 있던 질문이고 말이다.

'그런 식으로 나온다 이거지.'

노형진은 피식 웃었다.

저들은 의사들이 자신들에게 불리한 말을 하지 않을 거라는 것을 안다. 그래서 의사를 이용하는 것이다.

'하지만 난 국민이 있지. 아니, 남자가 있다고 해야 하나.'

노형진은 그런 최식환을 보면서 앞으로 나아갔다. 그리고 증인을 물끄러미 바라보았다.

"증인."

"네."

"증인은 의사로서 포경수술을 한 적이 있습니까?"

"없지는 않습니다."

"그러면 결과적으로 포경수술로 인한 이익을 보고 있다는 뜻인데, 증인을 어떻게 믿지요?"

"전 의사로서 한 줌 양심에 거리낌이 없이 증언하는 것입니다."

마치 억울하다는 듯 가슴을 치면서 말하는 의사.

노형진은 그런 그를 보면 혀를 끌끌 찼다.

'참 그놈의 양심 싸구려네. 아니, 적지 않게 벌고 있으니 싸구려는 아닌가.'

노형진은 심호흡을 하고 그를 바라보았다.

"재판장님, 저는 증인의 신빙성에 대해 의문을 가집니다. 그리고 그 점을 확인하기 위해 인터넷의 사용을 허락받고 싶습니다."

"인터넷?"

"그렇습니다."

일반적으로 재판 과정에서는 인터넷을 사용하지 않는다. 정형화된 서류로 제출되기 때문이다.

그런데 인터넷이라니.

"필요합니까?"

"네, 필수적입니다."

"그러면 사용하십시오."

"감사합니다."

노형지는 바로 노트북을 인터넷과 모니터에 연결했다.

"증인, 증인의 병원 주소를 불러 주세요."

"뭐라고요?"

"증인의 병원 주소를 불러 달라고 했습니다."

갑자기 병원 주소를 불러 달라고 하니 임만춘은 왠지 불만스러운 얼굴로 자신의 병원 주소를 말해 주었다.

'찾아봐라.'

자신은 이미 인터넷에서 자신과 관련된 모든 자료를 삭제 요청해서 자료가 남아 있지 않다. 평판을 관리하려면 안 좋은 소리는 무조건 지워야 하니까.

그런데 노형진이 찾은 것은 그의 평판이 아니라 지도였다.

"재판장님, 이 지도를 봐 주시기 바랍니다."

"이 지도가 왜?"

"지도에 무슨 문제라도 있습니까?"

최식환은 피식거리면서 웃었다. 그게 무슨 의미가 있느냐는 것이다.

"있지요. 여기 보다시피, 증인의 병원은 번화가에 있지 않습니다."

"그게 무슨 문제 있습니까? 국민들에게 더 좋은 의료 서비스를 해 주기 위해 번화가는 피한 겁니다. 그리고 돈이 없어서요."

천연덕스럽게 말을 하는 임만춘.

노형진은 입꼬리를 슬쩍 올리면서 지도를 축소시켰다.

"확실히 이쪽이 번화가보다는 좀 싸지요. 그리고 주변에 학교도 많고요."

"학교?"

"그렇습니다. 아파트 단지 중심 쪽인지라 주변에 초등학교가 세 개 그리고 중학교가 한 개 있습니다. 어린이집이나 유치원도 존재하지요."

"그게 무슨 문제라도 있나요? 병원이 집에서 가까워야 환자가 오기 쉽습니다."

"그런데 환자 대부분은 성인 아닙니까? 다시 말해서 저녁 6시 이후에나 시간이 난다는 건데, 증인의 홈페이지에는 저녁 6시까지만 근무한다고 되어 있네요?"

임만춘은 아차 싶었다.

확실히 성인 남성이 많은 곳이기는 하지만 그 시간에 올 만한 성인 남성은 그다지 없다.

"더군다나 동일한 지점에 비뇨기과만 세 곳입니다. 왜 이렇게 많은 비뇨기과가 있는 걸까요?"

"……."

"피고, 아까 포경수술을 해 준 적이 있다고 했지요?"

"그렇습니다."

"그래서 몇 번 하셨습니까?"

"……."

임만춘은 대답하지 못했다.

족히 천 번은 넘게 했다. 학교가 있다는 것은 아이들이 있다는 뜻이고 아이들이 있다는 것은 수술을 해야 하는 남자애들이 많다는 뜻이다.

"이런 아파트 단지 내에 있는 학교는 한 개의 반에 대략 서른 명 정도, 열 개의 반을 운영합니다. 한 학년당 말입니다. 그러면 한 학년당 삼백 명이군요. 그런 곳이 세 곳이 있습니다. 그러면 포경수술 환자가 얼마나 될까요?"

"별로 안 됩니다."

"그래요? 그러면 의료보험 공단에 문의해도 되겠습니까?"

"해 보십시오."

임만춘은 당당했다. 어차피 포경수술은 비급여라 기록도 안 남기니까.

물론 노형진이 그걸 모를 리 없다.

"그나저나 이곳이 터가 안 좋은 모양이군요."

"뭐라고요?"

"그 많은 아이들이 죄다 비뇨기과적 질환으로 병원을 다녀야 할 정도라니요."

"그게 무슨…… 큭…….'"

그리고 노형진이 뭘 노리는지 알아챈 임만춘은 아차 싶었다.

확실히 포경수술 환자를 빼고 나면 해당 위치는 적자가 날 수밖에 없는 구조다. 더군다나 병원이 한 곳도 아니고 세 곳이나 몰려 있으니.

"세무서에서는 뭐라고 할까요?"

임만춘은 정신이 아득해졌다.

아무리 비급여라고 하지만 수십만 원을 현금으로 내는 사람은 그다지 많지 않다. 그리고 그 돈을 카드로 내면 당연히 세무 기록이 남는다.

의료 기록과 세무 기록이 다르면 세무조사와 의무 조사가 나올 테고, 재수 없으면 의사 면허가 정지될 수도 있는 것이다.

'이런 씨발…….'

설마 자신을 노릴 거라고는 생각하지 못한 임만춘.

그런데 자신이 증인으로 나오자 사정없이 물어뜯고 있었다.

그리고 그걸 본 최식환은 소름이 돋았다.

'씨발, 이런 식이면 누가 나와.'

그에게 유리한 것은 한국의 비뇨기과 의사들이 자신을 도와준다는 것뿐이다. 그런데 이런 식이면 그들은 전면에 나서

지 않으려고 할 것이다.

　나오는 순간 이렇게 영혼까지 털리는데 누가 전면에 나서려고 하겠는가?

　'켕기는 게 많은가 보네.'

　노형진은 붉으락푸르락해지는 임만춘을 보면서 피식거렸다. 그가 그런다고 해서 봐줄 것도 아니지만 말이다.

　"증인, 네버 사이트 계정 비번이 뭡니까?"

　"뭐라고요?"

　"포털 사이트 네버 말입니다. 계정을 알려 주십시오."

　"그건 개인 정보입니다."

　"하지만 재판에서 귀하의 신빙성을 확인하기 위해서는 필요하지요. 원하지 않으시면 법원을 통해 정식으로 사실 조회 신청을 하겠습니다. 그리고 메일 같은 거 열어 보려는 게 아니니 걱정하지 마세요."

　"크윽……."

　아무리 해도 감출 수 없다는 사실에 임만춘은 결국 알려 줬다.

　노형진은 계정에 로그인하고 생각지도 못한 곳으로 들어갔다.

　"정보인?"

　사람들이 질문을 올리면 거기에 답변을 달아 주는 시스템. 그곳에서 자기 답변 목록으로 들어간 것이다.

이것이 법이다

그러자 그걸 예상하지 못한 임만춘은 얼굴이 사색이 되었다.

"증인, 이건 뭡니까?"

질문에 대한 답변들이 가득했다.

그런데 그 답변들이 모두 포경에 관련된 것이었다. 포경은 좋은 것이며, 꼭 해야 하는 필수적인 것이라고 말이다.

"의학적으로 접근한 거라고 하지 않았습니까? 그런데 이건 아무리 봐도 의학적인 게 아니라 명백하게 홍보 같은데요?"

"홍보가 아닙니다!"

"그래요?"

노형진은 코웃음을 치면서 질문란으로 넘어가 버렸다.

그리고 그걸 본 임만춘은 얼굴이 붉으락푸르락해졌다. 분노해서가 아니라 창피해서였다.

"의사라는 분이 왜 이렇게 수술을 해야 하는 건지 질문을 왕창 올리셨습니까?"

"그, 그건……."

"일단 익명 질문으로 올리셨는데……. 19세 아가씨도 되었다가 21세 군인도 되셨다가 32세 성인도 되셨다가, 바쁘시네요?"

노형진은 비웃음으로 가득한 얼굴로 임만춘을 바라보았다.

그럴 수밖에 없는 게, 그는 자신의 계정을 이용하여 익명으로 혼자서 질문을 올리고 다른 계정으로 답변을 하면서 홍보해 왔던 것이다.

"재판장님, 이건 신성한 재판입니다. 사실을 판단하고 전문가의 입장에서 조언해 줄 사람이 필요하지, 불법 광고를 통해 수익을 올리려고 하는 사람은 필요하지 않습니다. 그런 사람을 어찌 증인으로 보고 판단하겠습니까?"

"크윽……."

최식환은 이를 빠드득 갈았다.

설마 이런 식으로 자신의 증인을 완벽하게 날려 버릴 줄은 몰랐다.

"이상입니다. 그리고 저 역시 증인을 신청하고자 합니다."

"응?"

"증인?"

"증인이라니?"

의사들은 약간 당황했다.

의사들이 노형진의 증인 요청에 응답하지 않기로 한 것은 다 알려진 사실이다. 그런데 어떤 의사가 증인 요청에 응했단 말인가.

"임만춘 씨는 내려가시고 다른 증인 올라오세요."

판사는 상당히 당황했다.

이런 식이면 임만춘을 믿고 싶어도 믿을 수 없는 상황이 되어 버렸기 때문이다.

'그래…… 그래도 아직은 우리가 유리하다.'

최식환은 애써 마음을 진정시켰다.

임만춘이 무용지물이 되기는 했지만 그렇다고 해서 포경 수술이 해가 된다는 증거는 없다.

그리고 해가 되지 않는다면 부모가 수술하는 것은 막을 수가 없으니 수술시키면 그만이다.

'그걸 적당히 이겼다고 포장하는 거야…….'

득도 해도 되지 않는다고 판결하면 자신은 그걸 포장해서 이겼다고 할 수 있는 능력이 있다. 그렇다면 의사들은 문제가 없다. 그렇게 생각했다.

하지만 증인으로 나온 사람을 봤을 때 그는 약간 당황했다.

'의사가 아니야?'

20대 중반으로 보이는 청년은 쭈뼛거리면서 앞으로 나와 선서한 뒤 증인석에 앉았다.

"증인, 본인 소개를 해 주시기 바랍니다."

"전…… 스물네 살이고 복학 준비 중입니다. 현재 편의점 아르바이트를 하고 있습니다."

"웬 편돌이?"

"편돌이가 뭐냐, 편돌이가. 그런데 이번 사건하고 무슨 관계가 있지?"

의사도 아닌 일반인이 나오자 다들 어리둥절해졌다.

노형진은 그에게 다가가 질문을 던졌다.

"증인은 포경수술을 한 지 얼마나 되었지요?"

"저는…… 한 지 대략 2년 정도…….."

"왜 했습니까?"

"다들 하는 거라고도 하고, 전 여자 친구가 좀 찝찝하다고도 해서요."

얼굴이 붉어질 대로 붉어진 상태였지만 그는 떨리는 목소리로 애써 말했다. 사실 편하게 말할 만한 주제는 아니니까.

하지만 그는 이 말만은 하고 싶었다.

"그런데 뭐가 문제지요?"

"그게……."

다들 무슨 수술이 잘못된 것에 대해 증언하러 나온 거라 생각했다. 그래야 '수술이 이렇게 위험한 것이다.'라고 주장할 수 있으니까.

그게 일반적인 변호사들의 생각이었다.

하지만 그다음 말은 답변이 아니라 질문이었다.

"저기, 이런 이야기 법원에서 해도 되는 겁니까?"

"됩니다. 사실만 이야기해 주시면 됩니다. 사실을 밝히기 위한 법원이니까요. 증인, 뭐가 문제가 된 겁니까?"

"사실은……."

증인은 침을 꿀꺽 삼키고는 애써 입을 열었다.

하기 힘든 이야기지만, 억울해서라도 꼭 한 번은 하고 싶었던 이야기.

"포경수술을 하고 나서 성관계가 영 전 같지 않습니다."

"구체적으로 말씀해 주십시오."

"그게……."

참 남사스러운 말이다. 거기에다 법정 안에는 여자들도 많아 이런 말 하기가 참 애매했다.

그러나 이왕 나온 것, 그는 용기를 내었다.

"섹스할 때 기분이 전처럼 좋지 않습니다."

"응?"

"기분이 안 좋다니?"

다들 어리둥절한 표정이 되었다.

그럴 수밖에 없는 게, 여기에 있는 대부분의 사람들은 포경 전에 성관계를 가진 적이 없는 게 현실이기 때문이다. 대부분 초등학생쯤에 해 버리니까.

심지어 태어나자마자 해 버리는 경우도 있다.

"그러니까 전에는 관계를 맺으면 참 기분이 좋다는 그런 느낌이었는데, 지금은 그냥 나 혼자 뭐 하나 이런 기분입니다."

"표현하자면?"

"전에는 에스컬레이터를 타고 천천히 올라가는 느낌이었습니다. 올라가는 그 느낌도 알 수가 있었지요. 그런데 지금은 그냥 '땡!' 하고 엘리베이터의 문이 열리는 느낌입니다. 그냥 아무 느낌도 없는데 도착한 듯한…… 그런 느낌이라고나 할까요?"

도무지 이해하지 못한다는 사람들.

노형진은 그런 그들에게 충격적인 말을 선사했다.

"재판장님, 이것이 바로 포경수술의 부작용입니다."

"부작용?"

"그렇습니다. 해외 연구에 따르면 포경수술을 한 경우 남성의 상당수가 성적인 만족감이 급격히 떨어진다고 합니다. 또한 포경수술의 후유증으로 성기가 작아지는 현상도 발생하고 말입니다."

"성적 만족감이 떨어진다니……."

누군가 허망한 표정으로 말했다.

보아하니 기자였다. 그는 왠지 절망적인 표정이었다.

"사람마다 다르지만 일반적으로 20%로 떨어지고, 심한 사람은 10%, 즉 10분의 1 이하로 성적인 만족감이 떨어진다고 합니다."

"그게 무슨 말입니까? 20%나 떨어진다는 건가요?"

"아니요. 20%나 떨어지는 게 아니라 20%로 떨어지는 겁니다. 수치로 보면 5분의 1이 되는 거죠."

"이런 미친……."

"그런 거였어?"

남자들이 절망적인 표정이 되어 가자 구경하고 있던 여자들은 키득거리기 시작했다.

하지만 당한 남자들의 입장에서는 웃을 수 있는 소식이 아니었다. 노형진은 그런 남자들을 보고 웃는 여자들에게 한마디 살짝 더 해 줬다.

"남자만 떨어지는 거 아닙니다. 조사에 따르면 여성도 그 만족감이 떨어진다고 합니다."

"그게 사실입니까?"

"아직까지는 조사 중인 사항입니다. 국내에서는 관련 연구가 없지만 해외에서는 조금씩 이루어지고 있는데, 그로 인해 학설로 굳어지고 있습니다. 그 때문에 미국을 위시한 일부 국가에서는 표피 복구술이라고 하여 포경수술이 진행된 부위를 다시 덮는 수술이 시행되고 있습니다."

"그런 것까지 있었어?"

복구술이 있다는 것은 애초에 그 수술이 잘못되었다는 반증이다.

"또한 어려서 강제로 포경수술을 시킨 부모에 대한 손해배상 청구 소송도 일부 발생하였습니다."

"뭐라고?"

"네, 좀 당황스러운 소식이지요. 하지만 성적인 흥분이 10분의 1로 줄어든다는 것은 사실상 상해 아닌가요?"

"크흠……."

판사는 대답할 수가 없었다.

전관이 무섭기는 하지만 그건 명백하게 상해다.

"또한 성관계에 있어서 상대방에게도 유리한 점을 가집니다."

"유리한 점?"

"이 자료는 포경수술을 한 사람과 하지 않은 사람의 차이에 대한 자료입니다. 여성학에 정식으로 발표된 자료이며, 이 자료에 따르면 포경수술을 하지 않은 사람과의 관계에서 여성이 더욱 성적인 흥분을 느꼈다고 합니다. 즉, 남성 성기의 표피는 단순히 덮개 역할을 하는 게 아니라 성적 관계에서 일종의 감각기관 역할을 함과 동시에 여성의 흥분을 유도하는 역할을 하는 것입니다. 물론 의학적으로 포경수술을 해야 하는 사람도 있습니다. 그러나 그런 사람들은 1% 미만이고, 대부분은 그 이유가 없지요. 위생학적으로 치구라고 하는 이물질이 끼는 경우가 있기는 합니다만 그건 깨끗하게 씻음으로써 해결이 가능합니다. 대한민국이 물이 없어서 씻지 못하는 아프리카나 중동 같은 곳도 아니니 충분히 씻을 수 있는데도 불구하고 성기 크기의 감소와 성적인 만족감의 하락, 상대방에 대한 성적 기여도 등을 포기하고 굳이 수술을 해야 할까요? 이익보다는 불이익이 더 많은 수술은 사실상 상해입니다. 아무리 부모라고 할지라도 자녀의 성적인 미래에 영향을 줄 수 있는 상해 행위는 허가해서는 안 될 것입니다."

노형진이 말을 마치고 고개를 돌렸을 때 충격을 받은 것은 임만춘이나 판사만이 아니었다.

상당수 남성 기자들이 멍한 표정으로 그를 바라보고 있었다.

그 와중에 승자의 미소를 짓고 있는 남자는 딱 한 명뿐이었다.

그러나 의사들은 길길이 날뛸 것 같은 표정이었다.

하긴, 자신들이 감추고 싶었던 것이 모조리 드러났으니까.

"말도 안 되는 소리! 성적 감각은 안 줄어들어! 익숙해지면 다시 살아나!"

뒤에 있던 임만춘이 소리를 질렀다. 어떻게 해서든 상황을 막아야 했기 때문이다.

"그래요? 증인, 어떻게 생각하세요?"

"그 소리는 제가 수술하기 전에 들었습니다."

"그런데요?"

"안 살아납니다, 절대로."

"네놈이 관리를 잘못한 거고!"

임만춘은 항의했지만 이미 대세는 굳어지고 있었다.

"포경수술을 하고 나면 귀두 부분의 각질화가 진행됩니다. 쉽게 말해서 감각이 있는 부분이 두꺼워지면서 일종의 굳은살이 박이는 셈이지요. 또한 촉촉해야 하는 부분이 건조해지면서 감각도 상실됩니다. 표피 복구술이라는 것도 진짜 잘린 표피를 복구하는 게 아니라 굳어 버리고 말라 버린 귀두 부분에 표피를 제공함으로써 귀두의 죽어 있던 감각을 살리는 것입니다. 그래서 아예 안 하는 것보다는 나아지기는 하지만 절대 과거로는 못 돌아가지요. 이 논문에 따르면 비수술자의 느낌이 10이라고 하면 포경수술을 한 사람의 감각은 1까지 떨어지고, 표피 복구술을 하면 3~4까지 올라간다고 하더군요. 결국 아무리 복구해도 절반도 안 되는 겁니다. 아닌가요?"

"말도 안 되는 개소리! 그건 의학적으로도 말이 안 돼!"

"그래요? 그럼 의학적으로 말씀해 보십시오, 증인. 아니, 임만춘 씨. 죽어 버린, 아니 사라져 버린 신경이 복구된 적이 있습니까? 표피에 있던 신경이 사라지면서 성적인 감각 역시 하락한 것인데, 존재하지 않는 신경이 복구되면서 그 감각이 살아나는 것이 가능한가요, 의학적으로? 전 신경이 복구가 되었다는 뉴스는 들어 본 적이 없어서요."

"그, 그게……."

임만춘은 아무런 말도 할 수가 없었다.

끊어진 신경도 아니고 사라진 신경이 복구되는 것은 불가능하다. 당연히 포경으로 감각이 사라진 남성의 성기가 과거의 느낌은 찾는 것은 불가능하다.

만일 사라져 버린 신경을 복구할 수만 있다면 노벨의학상을 받기에 충분한 일이다. 죽어 버린 신경을 살릴 수만 있다면 전 세계 수많은 장애인들을 치료할 수 있으니까.

하지만 그게 불가능하기에 지금까지 장애인들을 치료하지 못한 것이다. 당연히 남자의 성기 부위만 복구될 리 없다.

'졌다…….'

자신이 뭐라고 하기도 전에 화를 내다가 나가떨어져 버리는 임만춘을 보면서 최식환은 고개를 흔들었다.

물론 전관의 힘으로 판결에서 이길 수는 있다. 그러나 그런다 해도 무슨 의미가 있겠는가?

이미 기자들은 흥분과 절망 그리고 분노로 가득한 모습이었다.

'한국 사람들은 성적인 부분에 관하여 무척이나 관심이 많지.'

또 은근히 그런 걸 추구하기도 한다.

그러니 다시는 진짜 남자로서의 성적인 만족감을 느낄 수 없다는 사실이 기자들을 소위 말하는 '빡 치는' 상황으로 몰고 간 것이다.

"이상입니다."

노형진이 말을 마치고 물러나자 누군가 의사들을 향해서 고함을 질렀다.

"내 거시기 돌려줘!"

⚖️

"결국 이겼네."

손채림은 피식거렸다.

상당히 '19금'적인 사건이었는데도 용케 이긴 것이다.

"기자들이 언론에 터트렸으니 아무리 전관이라고 해도 뒤집을 수가 없지."

물론 전관으로 이길 수 있기는 하다.

하지만 언론에서 대대적으로 이 문제를 따지는 상황에서 전관으로 재판을 뒤집으면 의심받기 딱 좋고, 도리어 나중에 전관을 받기 힘들어진다. 집중 관심 대상이 되기 때문이다.

엄밀하게 말하면 전관예우는 불법이니까.

"그러니까 가뿐하게 포기하고 더 큰 건을 노리겠다 이거지. 내가 노린 게 그거고."

결국 최식환은 더 이상 엮이기 싫다면서 손을 털었고, 줄줄이 예약되어 있던 포경수술 일정이 줄줄이 취소되면서 그동안 포경수술로 적지 않은 돈을 벌어들였던 의사들에게 차가운 빙하기가 왔음을 알려 주었다.

"다 끝났네."

아이를 구타했던 주명훈은 형사 고발이 되었고 재판이 진행 중이다.

아동 학대에 관해서는 용서해 줄 생각이 없기 때문에 그는 집요하게 조사를 받는 중이었고, 양육권은 박탈되지 않을 테지만 이제 손대지는 못하게 될 것이다.

"남은 건 하나뿐이네."

"남은 거? 남은 일이 있어? 이번 사건은 끝난 것 같은데?"

노형진은 고개를 갸웃했다.

아예 판결에서 다 끝났고 딱히 손해배상을 받을 일도 아닌데 뭐가 남았단 말인가?

"아주아주 중요한 게 남았지."

"뭔데?"

"너 그래서 잡았어, 안 잡았어?"

"뭘?"

"고래."

"고래?"

"그래, 고래."

손채림이 히죽거리면서 말하자 노형진은 씩 웃더니 그녀에게 다가갔다.

그리고 그녀의 귀에 대고 작게 중얼거렸다.

"노코멘트. 진실은 언제나 저 너머에 있지, 후후후후."

아니 땐 굴뚝에도 연기 나는 법

"거지냐?"

감지 않아서 떡 진 머리, 후줄근한 추리닝 그리고 그 머리를 감춘 모자까지.

누가 봐도 백수의 자태를 풀풀 풍기는 사람은 다름 아닌 손채림이었다.

"너도 만만치 않은데?"

손채림은 노형진을 보면서 히죽 웃었다.

하긴, 노형진도 그다지 나은 상황은 아니었다. 추리닝만 아닐 뿐, 제대로 준비도 하지 못하고 온 것은 마찬가지이기 때문이다.

"야, 쉬는 날인데 왜 불러?"

"골방에서 혼자서 죽치고 데굴거리면서 미드나 보고 있을 네 모습이 선해서 맛있는 거나 사 주려고 불렀지."

"윽."

정곡을 찔린 손채림은 순간 움찔했지만 바로 반격해 들어 왔다.

"그러는 넌 뭐 다르냐? 뻔하지. 걸 그룹 음악이나 틀어 놓고 게임이나 하면서 시간 보내겠지."

"윽."

이번에는 노형진이 할 말이 없었다. 그 역시 정답이기 때문이다.

"무서운 논."

"무서운 놈."

서로가 서로에 대해 너무 잘 안다는 사실이 왠지 한심한 두 사람은 동시에 한숨을 쉬었다.

"넌 데이트도 안 하냐?"

"귀찮아."

"혹시 고자?"

"귀찮은 것뿐이야."

"그걸 보통 고자라고 하지."

"그게 왜 고자냐?"

투덕거리던 노형진은 고개를 흔들었다.

"그냥 밥이나 먹자고."

"어디 갈 건데?"

"글쎄, 일단은 내가 잘 아는 레스토랑 갈까?"

"지랄."

손채림은 노형진의 농담에 피식 웃었다.

애초에 두 사람 다 레스토랑에 갈 복장이 아니다.

자신이야 그냥 데굴데굴 구르다가 편하게 나왔으니 이런 복장이라고 하지만 노형진이 이런 상태라는 건 레스토랑에 갈 생각이 없다는 뜻이다.

아무리 단골이라고 해도 드레스 코드라는 게 있기 때문이다.

"그냥 근처에서 대충 때우자. 저기 백화점의 푸드 코트 가자. 레스토랑은 귀찮아."

"그러자."

애초에 레스토랑은 그저 농담이었기 때문에 두 사람은 푸드 코트로 향해서 각자 먹고 싶은 음식을 먹으면서 이런저런 이야기를 나눴다.

"그나저나 살 만하냐?"

"뭐, 그럭저럭 살 만해. 솔직히 새론이 월급이 적은 건 아니잖아."

"그건 그렇지."

손채림 같은 사회 초년생에게 월 250만 정도를 주는 회사는 드물다.

물론 세금을 빼고 나면 줄어들기는 하지만, 요즘은 88세대라고 해서 기본급이 세금 빼고 88만 원인 사람들이 적지 않으니까.

"착실하게 적금도 가입했고, 음악 쪽도 간간이 공부하고 있어."

"그래?"

노형진은 그렇게 말하는 그녀를 보면서 왠지 미안해졌다.

자신이 회귀하면서 인생이 가장 많이 변한 사람이 그녀다. 승자에서, 어찌 보면 패자로 말이다.

"집에 안 들어가?"

"또 그 소리 한다. 안 간다니까."

돈가스를 입으로 욱여넣으면서 얼굴을 찌푸리는 그녀.

"들어가 봐야 제대로 사람대접을 받기는 힘들 텐데, 뭘. 그리고 나는 팔려 가기 싫거든."

"그런가?"

"그래."

아버지가 원하는 법률가의 길이 아닌 음악의 길로 가는 것으로 마음을 정했을 때 아버지에게는 의절당했고, 어머니는 그런 아버지의 눈치를 보면서 도와주지도 못하게 되었다.

더군다나 그녀는 집에 있으면서 소위 맞선이라는 이름으로 가진 놈들에게 몇 번이나 끌려간 경험이 있었다.

"거기에 가면 풍요롭기는 하겠지. 그런데 그게 무슨 의미가 있는데? 난 내 삶이 있어. 그냥 어디 좋은 집에 시집가서 사모님으로 살다가 죽고 싶지는 않다고."

"다른 여자들은 그런 거 좋아하는데."

"그렇게 안 살아 봐서 그렇지. 사모님으로 산다는 게 얼마나 피곤한 일인데."

손채림은 부르르 떨었다.

그녀의 어머니는 사모님이다. 하지만 결코 행복해 보이지는 않았다.

언제나 가면을 써야 했으며, 편하게 생활하지도 못했다.

심지어 품격을 지키라는 아버지의 압력에 집에서도 소위 말하는 '풀 세팅' 상태로 기다려야 했다. 집에 언제 손님이 올지 모른다는 이유 때문이었다.

"돈이 많으면 뭐 해. 사람이 사는 게 사는 게 아닌데."

사모님이라는 이름은 엄밀하게 말하면 남편에게서 기인한 호칭이다. 즉, 남편이 높은 자리에 있고 돈이 많으면 사모님이 되는 것이다.

'난 그래서 사모님이 되고 싶지는 않아.'

하지만 손채림은 그런 삶을 살고 싶지는 않았다.

그보다 낮은 자리라 할지라도 자신의 이름으로, 자신의 자리에서 살고 싶었다.

"네가 그렇게 말한다면 뭐, 할 수 없고."

"뭐야, 집에서 널 닦달하디?"

"그건 아니고. 알잖아, 너희 집에서 나 싫어하는 거. 나한테 뭐라고 하겠냐? 다만 너도 여기서 일한 지 좀 되잖아. 그래서 힘든가 해서 물어본 거지."

"할 만해. 그리고 보낼 생각 마라."

"알았다."

"그나저나 우리 부모님은 왜 널 그렇게 싫어하는 건지 몰라."

"그러게 말이다."

어려서는 몰랐지만 나이 먹고 생각해 보면 그녀의 집안은 노형진을 유난히 싫어했다. 부모님 간에 일이 있는 것 같기는 하지만……

'접점이 없는데.'

아버지는 그저 직장인일 뿐이고 어머니는 가정주부다. 성공한 삶을 사는 그 집과 접점이 없었다.

'자세하게 알아봐?'

만일 알아보려고 한다면 알아볼 수는 있을 것이다.

하지만 그렇게까지 할 생각이 들지 않았기 때문에 노형진은 고개를 흔들었다.

"잘 먹었다."

배를 통통 두들기면서 행복한 얼굴이 되는 손채림.

"자, 그러면 용건을 말해 봐. 들어가라고 날 부른 건 아닐 테고."

"그냥. 너 생일이잖아?"

"생일? 아, 맞다. 그러네."

손채림은 기억하지 못한다는 듯 멍해졌다가 왠지 씁쓸해졌다.

오늘은 그녀의 생일이다. 하지만 누구도 기억해 주지 않으니 자신마저도 기억하지 못하고 있었던 것이다.

"미역국을 끓여 주기에는 내 실력이 일천해서 말이지. 그래서 맛난 것 좀 사 주려고 불렀다."

"맛난 거 잘 먹었다."

"고작 그걸로 되는 거야?"

"뭘 더 바라? 이 정도면 충분하지."

손채림은 진심으로 그렇게 생각했다.

자신도 기억하지도 못하던 생일을 축하받는다는 것은 생각보다 행복한 기분이었던 것이다.

"그냥 필요한 거 있으면 더 말해."

"필요한 거라……. 난 필요한 거 없는데."

"너 지난번에 보니까 지갑 오래된 것 같던데."

"지갑? 아……."

손채림은 고개를 떨구고 자신의 지갑을 바라보았다.

고등학교 때 직접 산 반지갑이다.

최고가의 명품이라고 하지만 이미 시간이 오래 지난 만큼 상당히 낡기는 했다. 때도 많이 타고 말이다.

"지갑이라도 하나 사 주려고?"

"그러지, 뭐. 어려운 일은 아니니까."

"오!"

손채림은 반가운 얼굴이 되었다.

안 그래도 지갑이 오래되었다는 걸 느끼고 있었던 것이다.

고등학교 때부터 쓰던 지갑이니 오랜 시간을 함께해 오기는 했지만, 최신 유행은 아니니까.

"마침 백화점에 왔으니 온 김에 보고 가자고."

"나야 땡큐지."

생각지도 못한 생일 선물을 받게 된 손채림은 즐거운 마음으로 자리에서 일어났다.

그렇게 노형진과 함께 백화점으로 들어간 그녀는 소위 명품을 자부하는 브랜드 안으로 들어갔다.

"좀 더 비싼 걸로 하지?"

"필요 없어. 비싼 건 부담스러워서 어디 쓰겠냐? 자칭 명품 수준이면 된다. 난 실용적인 타입이지, 모셔 두고 안 쓰는 타입은 아니라서 말이야."

그녀는 건물 안을 돌아다니면서 이런저런 물건들을 구경하기 시작했다.

지갑을 사러 온 것이기는 하지만 여자인 그녀에게 이런 곳을 보는 것은 그 일상 자체가 즐거움이었다.

그러나 그걸 잊어버린 노형진은 다리를 두들기면서 의자에 앉아 멍하니 시간을 보냈다.

'아, 잊고 있었네.'

여자와 쇼핑을 하면 사는 시간보다 구경하는 시간이 더 길다는 사실을 망각했던 그는 쓴웃음을 지을 수밖에 없었다.

그리고 대부분 그 결과는 자신이 원하는 타입으로 나타나지 않는다.

"없다. 가자."

"뭐? 아니, 40분이나 봤는데도 없다니?"

"내가 심사숙고했는데 말이야, 개성이 없어. 뭐랄까, 자기만의 아우라가 없다고 할까?"

"아우라?"

"그래, 자신의 존재감을 드러내지 못하는 느낌이야."

"아니, 지갑에 뭘 그런 걸 따져?"

"그런 게 여자들의 세계란다."

"세계는 무슨."

노형진은 툴툴거리면서도 자리에서 일어났다.

여자들의 세계라는 것을 이해는 못 하지만 이건 확실하다. 마음에 들지 않는다는 뜻이라는 것.

"가자."

어찌 되었건 사 주기로 약속한 이상 사 줘야 하기 때문에 노형진은 그곳을 나가려고 했다.

그러나 생각지도 못한 사태로, 그들은 바깥으로 나가지 못했다.

"거기, 잠깐만요."

"거기?"

노형진이 나가려고 하는 순간에 앞을 가로막은 여자.

그녀는 날카로운 눈빛으로 노형진과 손채림을 바라보았다.

"뭡니까?"

백화점의 기본 모토는 오는 손님 안 막고 가는 손님 역시 안 막는 것이다.

그런데 그 여직원은 무척이나 짜증 나는 듯한 얼굴로 손채림을 바라보고 있었다.

"당신, 옷 좀 벗어 봐요."

"뭐라고요?"

"옷 좀 벗어 보라고요."

다짜고짜 옷을 벗으라는 말에 황당한 노형진과 손채림.

"지금 뭐라고 했습니까?"

노형진은 자신의 귀를 의심했다.

여기는 백화점이고 여러 사람들이 있는 공간이다. 그리고 이 매장은 옷을 파는 곳이 아니니 옷을 갈아입을 수 있는 공간이 있는 것도 아니다.

그런데 그런 데서 옷을 벗으라니?

"아까 보니까 뭐 하나 훔치는 것 같던데."

"뭘 훔쳐?"

노형진은 어이가 없다는 듯한 표정으로 손채림은 바라보았다.

"어? 나? 내가? 전혀 아니야!"

당황해서 손을 흔드는 손채림.

노형진은 그런 그녀를 믿었다.

'그럴 애가 아니지.'

돈보다는 스스로 개척한 삶을 좇아서 나온 손채림이다.

아무리 힘들어도 주변에 도와 달라고 하지 않는 사람인데 도둑질을 한다?

그럴 리 없다.

그렇다고 도벽 같은 게 있는 것도 아니다.

"내가 뭘 훔쳤다고 그래요?"

"아까 저쪽에서 뭐 재빨리 훔치는 것 같더만."

"그러니까 증거 있느냐고요."

"증거가 그 안에 있으니까 찾아내려고 하는 거 아냐."

아예 반말로 돌변해 버리는 여자.

"이 여자가 정말 미쳤나?"

손채림은 어이가 없었다.

자신이 뭐가 아쉬워서 여기서 물건을 훔친단 말인가?

진짜 훔치려면 명품 매장에서 훔치지, 명품인 척하는 곳에서 훔칠 생각은 전혀 없었다.

"뭐 해? 벗어!"

하지만 직원은 요지부동이었다.

사람들이 주변으로 모여들기 시작했고, 손채림은 당황했다.

물론 진짜 도둑질을 해서 당황한 게 아니라 완전히 쌩얼에 편하게 입고 머리도 안 감고 나왔는데 사람들이 자신을 뚫어지게 바라보니 당황한 것이다.

　　그러나 그걸 다른 의미로 오해한 직원은 신이 나서 손채림을 공격하기 시작했다.

　　"이 도둑년아! 벗으라고! 어디서 도둑질이야, 도둑질이! 내가 한두 번 본 줄 알아!"

　　길길이 날뛰는 여직원.

　　보다 못한 다른 여직원이 나섰지만 도무지 말이 안 통했다.

　　"언니, 아직 확실한 것도 아니고……."

　　"아니긴 뭐가 아니야! 내가 봤다니까! 저년이 추리닝 안으로 뭔가를 넣었다고!"

　　"뭐라고?"

　　심지어 자신이 봤다고 하는 말에 다들 웅성거리면서 도둑년을 보는 듯한 시선으로 손채림을 바라보았다.

　　손채림은 머리에서 김이 나는 듯한 착각을 일으켰다.

　　"이게 미쳤나?"

　　"어디서 삿대질이야, 이 도둑년이!"

　　막 충돌하려는 순간 노형진이 그 사이에 끼어들었다.

　　"그 말, 보장할 수 있습니까?"

　　"뭐라고?"

　　"방금 도둑질했다는 말, 보장할 수 있느냔 말입니다."

"그래! 내가 봤다!"

"그렇단 말이지요."

"야, 내가 그럴 인간으로 보여?"

"아니, 전혀."

노형진은 손채림에 대해 누구보다 잘 안다.

굶어 죽어도 도둑질은 안 할 사람이 손채림이다.

"하지만 저쪽에서 싸움을 걸면 응해 줘야지."

"아……."

노형진의 눈에서 일렁거리는 눈빛을 본 손채림은 그가 무척이나 화가 난 상황이라는 걸 알아차렸다.

'이런.'

화가 날수록 머리가 차가워지는 타입.

그게 바로 노형진이다.

그리고 자신에게 법적으로가 아니라 인격적으로 도발을 하는 녀석을 놔둘 만큼 노형진이 착한 사람도 아니고 말이다.

"그러면 일단 경찰을 부르죠."

"뭐라고?"

"왜요? 도둑질하는 거 봤다면서요? 지금 상황에서 가장 확실한 게 그거 아닙니까? 도둑질을 했으면 경찰을 불러야지요. 보아하니 직원 같은데, 도둑을 잡고도 물건만 받으면 돌려보낼 권한이라도 있습니까?"

"이것들이 보자 보자 하니까! 불러! 불러!"

"언니! 진정하세요. 손님인데…….."

"손님? 저런 도둑년이 무슨 손님이야! 이런 쌍년! 너 오늘 콩밥 한번 먹어 봐라!"

길길이 날뛰는 여직원.

척 봐도 이 매장에서 무슨 최고참쯤 되는 모양이었다.

'그리고 여왕벌 속성을 가졌고 말이야.'

노형진은 이를 빠드득 갈았다.

이런 사람은 주변에서 뭐라고 해도 들어 처먹지 않는다.

'걸어온 싸움은 안 피하겠어.'

노형진은 전화기를 들어서 경찰에 전화했다.

"아, 여기 ○○백화점인데요, 경찰서죠? 여기 절도와 관련해서 싸움이 났으니까 경찰 좀 보내 주세요. 아, 그리고 여성에 관련된 사건이니 최소한 여경 한 명을 같이 보내 주셔야 합니다. 네. 몸수색을 해야 할지도 모릅니다."

노형진이 당당하게 경찰을 부르자 약간 움찔한 여직원.

하지만 그녀는 그 모습을 감추고 애써 더 소리를 높였다.

"세상이 말세네, 말세요! 도둑년이 경찰을 다 부르고 말이야!"

"확정된 거 아닙니다. 입 나불거리지 마세요."

"뭘 아니야, 이 도둑 연놈들이!"

이죽거리면서 노형진과 손채림을 모욕하는 여직원.

하지만 손채림은 그런 여직원에게 화를 내기는커녕 불쌍하다는 얼굴을 할 뿐이었다.

"넌 왜 얼굴이 멀쩡하냐? 화가 안 나?"

"내가? 지금 걱정해야 하는 건 내가 아니라 저쪽인 것 같은데? 너를 적으로 삼다니, 참⋯⋯. 죽으려면 뭔 짓을 못 해?"

노형진에 대해 잘 알고 있는 손채림은 피식 웃었다.

알고 있다, 자신을 지켜 주는 것뿐만 아니라 그 보복도 노형진이 해 줄 거라는 것을.

그리고 자신은 그냥 믿고 따라가면 된다는 것을.

"그런가?"

"그럼."

그러는 사이 드디어 경찰이 도착했고, 주변에 구경꾼들은 더 많이 몰려들었다.

하긴, 이 시간대에 백화점에 가장 많은 사람은 다름 아닌 아줌마들이다. 그리고 아줌마들이 이런 구경거리를 놓칠 리 없다.

"저년이 도둑질했어요! 빨리 수색 좀 해 봐요! 어서!"

경찰이 오자마자 다짜고짜 다그치는 여직원.

경찰은 당황스러운 표정으로 다가왔다.

"일단은⋯⋯."

"잠깐."

데리고 가서 몸수색을 하려고 하자 노형진은 그들을 막았다.

"정식으로 접수된 겁니까?"

"네?"

"그냥 누가 불만만 표현하면 아무 곳에서나 여성의 옷을 벗기는 게 경찰인가 보죠? 최소한 협조를 요청하려면 정식으로 사건을 접수받아야 하는 거 아닙니까?"

"그거야 오해만 풀면……."

"오해인지 사건인지는 경찰이 아니라 법원에서 판단하는 거 아닌가요? 경찰이 언제부터 사건을 판단하게 되었나요? 경찰은 조사만 하지, 공소권은 없을 텐데요?"

경찰은 똥 씹은 얼굴이 되었다. 틀린 말은 아니기 때문이다.

"몸수색 협조 요청하려면 정식으로 사건을 접수받아 오세요. 우리 어디 안 갈 테니까."

"꼭 그렇게 하셔야 합니까?"

"경찰이 접수를 안 받으시려고? 절차를 따르셔야지요."

"알겠습니다."

경찰은 어쩔 수 없이 여직원에게 다가가서 정식으로 고발장을 받았다. 그리고 그걸 공식적인 기록으로 남겼다.

"이제 그럼……."

"잠깐만."

"또 뭡니까?"

"그럼 이쪽은 정식으로 피의자가 된 거니 당연히 변호사를 대동해야지요."

"이 사람들이 진짜."

젊은 경찰이 화내려고 하자 나이 좀 있어 보이는 경찰이 그를 쿡 찔렀다.

"그럼요. 당연히 있으셔야지요."

'거참, 눈치가 빠르네.'

노형진은 변호사다. 그리고 또한 피의자의 친구다.

당연히 여기서 신분을 드러내 봐야 자신의 증언은 신빙성
이 없으니 다른 변호사를 불러야 한다.

그래서 자신의 신분을 밝히지 않은 것이다.

나이 먹은 경찰은 그런 노형진의 말투에서 그가 단순 고객
은 아니라는 것을 알아차리고는 발끈하려는 젊은 경찰을 말
린 것이고 말이다.

저런 말을 하는 사람은 법에 관련된 사람들이 가능성이 높
으니까.

"야, 진짜로 회사 사람들 부르려고?"

"이런 건 좀 그렇지? 그냥 주변에서 여자 변호사 한 명 불
러오려고."

인터넷을 통해 주변 변호사를 부르는 것은 어려운 일이 아
니다.

노형진이 한 명을 부르자 손채림도 히죽 웃었다.

"나도 한 명 불러야겠네."

"누구?"

"내 친구."

"친구?"

"응, 이런 거 좋아할 만한 친구가 한 명 있거든."

이렇게 노형진과 손채림이 한 명씩 부르고 나자 여직원은 슬슬 당황하기 시작했다.

경찰까지야 이해하겠는데 변호사까지 등장하고, 심지어 그 친구라는 사람이 생각지도 못한 사람이었던 것이다.

"성미나라고 합니다."

자신의 명함을 건네는 사람은 이번에 정식으로 기자가 된 성미나였다.

큰 건을 터트린 덕분에 정규직이 된 그녀는 손채림 덕분에 정규직이 된 거라 그녀가 부르자마자 바로 온 것이다.

"아까 그러셨지요, 절도하는 현장을 보셨다고?"

"그러니까…… 그런 것 같기도 하고……."

상식적으로 일이 이렇게 커지면 진짜 본 사람도 발을 빼기 마련이다.

당연히 본 적도 없는 그녀는 발을 뺄 수밖에 없었다.

'그렇지, 내가 모를 줄 알았나.'

그 여직원은 그냥 스트레스를 풀기 위해 손채림을 공격한 것이다.

후줄근한 복장을 하고 이리저리 구경만 하고 다니니 얼마나 만만해 보였겠는가?

같이 온 노형진 역시 제대로 씻지도 않아서 꼬질꼬질한 것은 마찬가지.

그러니 돈 없는 백수 커플이 구경 왔다 싶었을 것이다.

'그리고 짜증 한번 내고 싶었을 테고.'

돈이 없어 보이니 차별한 것이다.

더군다나 처음에 그 여자가 그렇게 행동했을 때 백화점 여직원들은 말리지 않았다.

'일반적인 백화점의 교육을 생각하면 말도 안 되는 소리지.'

일단 이런 문제가 생기면 대상자에게 양해를 구하고 보안 팀을 불러서 가방을 수색하거나 몸을 검사하는 것이 정상이다. 그리고 그 과정에서 절대로 상대방에게 과도한 발언은 하지 않는다.

하지만 그녀는 보안 팀도 안 부르고 마음대로 행동했다. 그리고 그걸 막는 사람도 없었다.

'한두 번 해 본 게 아니라는 소리야.'

다른 직원들이 그런 규정을 모를 리 없는데 초반에 말리지 않았다는 것은 이미 여러 번 그랬다는 뜻이다.

'돈이 없어 보인다고 차별한다라……. 오냐, 어디 한번 된통 당해 봐라.'

노형진은 그런 여자를 놔두고 싶은 생각이 없었다.

"자, 그러면 필요한 사람들은 다 모였군요. 변호사와 여기 기자분, 그리고 같이 오신 여자 경찰분과 백화점 측에서 한 명 같이 가서 몸수색을 하면 되겠네요."

노형진이 말을 마치는 순간 한 남자가 끼어들었다.

"꼭 그렇게까지 하셔야겠습니까?"

"누구십니까?"

"저는 여기 백화점의 매니저입니다."

'슬슬 나올 때가 되었지.'

이쪽이 이렇게까지 일을 키운다는 것은 이길 자신이 있다는 뜻이다.

그건 백화점으로서는 곤란한 일이다.

'거기에다가 기자까지 끼었거든.'

기자만 안 끼었어도 아마 그냥 해프닝이 되었을 것이다.

그러나 기자가 끼면 이야기가 달라진다. 이런 사건은 인터넷에서는 아주 좋은 떡밥이니까.

"저희가 사과드릴 테니……."

"아니죠."

"네?"

"사과를 주시는 건 일단 저희 쪽의 결백이 증명된 다음부터입니다. 그리고 사과는 저희가 아니라 언론에 정식으로 발표하셔야지요."

"아니, 그게……."

"걱정하지 마세요. 금방 끝납니다."

사색이 되는 매니저.

'그렇지. 이런 경우는 차라리 사장 나오라고 화를 내는 게 덜 곤란하지.'

그냥 사과 한번 하고 나면 그들로서는 할 말이 없다.

일단 약간의 소동이었고, 문제 될 게 없으니까.

하지만 언론에 나가면 상황은 달라진다.

"그러지 마시고……."

"이건 법률적 과정이니까 더 이상 뭐라고 하지 마세요. 안 그렇습니까, 변호사님?"

"맞습니다. 정식으로 신고되었으니까요. 상대방에서 협조해 준다고 하는데 안 할 수는 없죠."

나이 지긋해 보이는 여자 변호사는 피식하고 웃었다.

그녀는 노형진이 누군지 안다. 그리고 그가 뭘 하려고 하는지도.

비록 해프닝이지만 확실히 재미있는 사건이다.

변호사까지 그런 말을 하자 매니저는 얼굴이 사색이 되었다.

"그럼, 그럼. 진실은 밝혀져야지. 일반 탈의실은 못 들어갈 것 같고, 여직원 탈의실은 어디예요?"

손채림마저 나서서 서두르자 방법이 없어져 버린 매니저는 눈치를 보다가 슬쩍 뒤로 물러났다.

이건 자신이 어떻게 해결할 수 있는 수준이 아니라는 것을 알아차린 것이다.

'뭐, 더 높은 사람을 부르러 가겠지.'

여기서 조사를 막자니 사람이 너무 많다. 그렇다고 안 막자니 상황이 어떻게 될지 뻔하다.

"자, 그럼 나 다녀올게."

"괜찮아?"

"솔직히 말해서 안 괜찮아. 하지만 그런 취급 받은 게 더 억울하네."

손채림은 사색이 된 여자를 물끄러미 바라보면서 이를 악물었다.

아무리 노형진을 믿는다고 하지만 몸수색을 받는다는 것은 상당히 기분 나쁜 일이다. 설사 여성이 동석한다고 해도 말이다.

"복수는 네가 해 줄 테니까."

"그렇지."

"다녀올게."

그녀가 직원 탈의실로 내려가고, 모든 시선은 노형진과 그 여직원에게 향했다.

여직원은 무슨 일이 벌어지고 있는지 알고는 얼굴이 사색이 되었고 노형진은 빙긋빙긋 웃을 뿐이었다.

그렇게 얼마나 지났을까?

"어, 온다."

"저기 온다."

검사를 마치고 온 손채림과 사람들.

"아무것도 없습니다."

여경은 도착하고 나서 고개를 흔들었다.

"아무것도 없다고?"

"네. 주머니에 있는 거라고는 낡은 지갑 하나뿐입니다."

"그럴 리 없어! 내가 그년이 훔치는 거 봤다고! 분명히 어디론가 빼돌린 거야!"

여직원은 소리를 빼액 질렀다.

이대로는 자신이 무슨 꼴을 당할지 뻔하기 때문이다.

"그래요? 그럼 어디로 빼돌렸을까요?"

"그거야……."

"아, 접니까? 하긴, 저는 동행이니까 저한테 슬쩍 넘겼을 수도 있겠군요. 저도 몸수색할까요?"

노형진이 이죽거리자 그녀는 말을 잃어버렸다.

얼결에 지껄이긴 했지만 그럴 가능성이 낮다는 걸 본인도 알기 때문이다.

사건이 터지자마자 사람들이 몰려와서 구경하고 있었고, 물건을 넘겨줄 정도의 시간은 없었던 것이다.

"한마디 해 주시죠."

손채림의 친구인 성미나가 마이크를 들이밀자 여자는 주춤주춤 뒤로 물러났다.

"죄송합니다. 지나가겠습니다."

그때, 사람들을 마구 헤치고 나타난 사람.

그는 노형진과 손채림을 보고는 고개를 팍 숙였다.

"죄송합니다. 저희가 제대로 알아보지 않고 실수했습니다."

"누구신지?"

"점장입니다."

백화점 체인에서 점장이면 무척이나 높은 지위다. 사실상 이 지점의 사장이라고 할 수 있다.

"뭐, 어쩔 수 없지요. 그리고 실수에는 법적인 책임이라는 것이 따르는 법이지요."

"원하시는 보상이 있다면……."

"아, 원하는 보상은 없습니다. 그럴 만큼 가난한 놈은 아니라서요."

"네?"

"요즘에 백화점에서는 손님을 무시하라고 가르치나 봅니다? 옷이 좀 후줄근하다고 무시하나 봐요?"

"그게 아니라……."

"그게 아니면, 물건 안 사고 그냥 나가는 손님은 무조건 거지나 도둑으로 취급해도 되는 모양입니다?"

"아닙니다. 저희가 직원 교육을 잘못 시켰습니다."

쩔쩔매는 점장.

이게 위에 올라가면 그도 징계를 피하지 못하기 때문이다.

'뭐, 이쯤 할까?'

노형진은 슬쩍 손채림을 바라보았다.

여직원이 잘못한 것이기는 하지만 그렇다고 해서 나이도 많은 사람을 이렇게 공개적인 공간에서 망신을 주는 게 마냥 좋은 것은 아니다.

　게다가 정식으로 사과도 받았고, 사실 법적으로 이들이 처벌받을 일은 없다.

　"뭐, 이쯤에서 그만두죠."

　노형진의 눈빛을 알아챈 손채림은 슬쩍 끊고 들어왔다.

　"원해서 그런 건 아니실 테니까."

　"죄송합니다. 다시는 이런 일이 없도록 하겠습니다."

　"있으면 큰일이지요. 백화점이 최소한의 직원 교육은 시켜야지요."

　"죄송합니다."

　고개를 몇 번이나 숙인 그는 슬쩍 뭔가를 꺼내 들었다.

　"약소하지만…… 이건 저희가 사과의 의미에서 드리는 겁니다."

　하얀 봉투에 담겨 있는 그것.

　내용을 알 수는 없지만 분명히 상품권이라는 느낌이 팍 왔다.

　"필요 없어요."

　하지만 손채림은 과감하게 거절했다.

　"우리 거지 아닙니다."

　"아니, 그런 의미가 아니라……."

　"뭔 뜻인지는 아는데, 이런 거 받으려고 그런 거 아닙니다."

　"죄송합니다."

　다시 한 번 고개를 숙이는 점장.

"그러면 다 끝난 건가요?"

상황이 싱겁게 끝나는 듯하자 경찰은 그냥 가려고 했다.

그러나 노형진은 그냥 끝낼 생각이 없었다.

"아직 안 끝났는데요."

"네?"

"점장분이야 잘못이 없으니 그분 사과야 받아들이지만, 정작 사과해야 하는 사람은 안 하지 않았습니까?"

"아······."

정작 여직원은 구석에 서서 입을 꾹 다물고 있을 뿐이었다.

절대로 사과하지 않겠다는, 일종의 자존심을 내세우는 행동이었다.

"뭐 해! 사과하지 않고!"

점장의 옆에 있던 매니저가 다그쳤지만 그녀는 다가오지도 않았다.

'쯧쯧쯧.'

노형진은 그걸 보고 혀를 끌끌 찼다.

"뭐, 사과 안 해도 됩니다."

"네? 그게 무슨 말씀이신지?"

"어차피 이건 사과로 넘어갈 부분은 끝났고, 법적으로 해야지요."

"법적으로?"

"아까 절도죄로 고소하셨잖습니까? 그러면 무고로 한번

조사는 받으셔야지요?"

여직원은 사색이 되고 말았다.

⚖️

"맞고소?"

"응, 맞고소했더라."

"아니, 왜? 어이가 없네. 무고죄에 대한 무고죄로 맞고소
라……. 더군다나 안 잘렸어?"

"응."

며칠 뒤 노형진은 그 사건을 완전히 잊어버렸다. 그런데
아직도 그 여자가 있다는 사실을 손채림이 말해 주고 나서야
알았다.

"아니, 왜?"

그 정도면 잘렸어도 이미 잘렸어야 한다.

다행히 무고 부분은 혐의 없음이 나오기는 했다. 자신이
봤다고 끝까지 주장했기 때문이다.

무고라는 건 상대방에게 죄를 뒤집어씌우고자 하는 고의
가 있어야 한다.

그런데 자신이 봤다고 주장하니 잘못 본 것이라고 하면 고
의라고 판단할 수가 없어서 무고가 성립되지 않는 것이다.

문제는 그 뒤에, 적반하장이라고 도리어 맞고소까지 해 버

렸다는 것이다.

증인도 있고 증거도 있으니 진다는 건 생각하지도 않지만, 그렇다고 해도 당사자인 손채림의 입장에서는 어이가 없을 수밖에 없었다.

거기에다 그 사달을 내고도 아직도 안 잘렸다니.

"몰라. 알고 싶지도 않고."

어깨를 으쓱하는 손채림.

"이야기를 들어 보니 도리어 합의금이 어쩌고 하면서 기고만장하더라고. 아주 단단하게 한몫 잡을 생각인 모양이던데?"

노형진은 어리둥절했다.

그건 상식적으로 말이 안 된다.

그 정도 사고를 치면 미안해서라도 고개를 숙이기 마련이다. 그런데 더 기고만장하다니.

거기에다 합의금을 받을 생각부터 하다니.

"미나 말로는 아직도 고개 뻣뻣하게 들고 다닌대."

"미나 씨가? 그때 기사는 안 낸다고 하지 않았어?"

"단발성 사건이라서 낼까 말까 고민 중인 거지. 그래서 파고들었다나 봐. 그런데 내가 맞고소당한 거지."

기자의 촉이 뭔가 있다는 것을 알아차리고는 계속 관심을 가지고 살핀 것이다.

그녀는 그곳에 있던 다른 직원들에게 접근해서 가해자에 대해 알아보는 와중에, 그녀가 맞고소를 해서 합의금을 뜯어

낼 계획이라는 것을 알아차렸다.

"그러면 이유는 한 가지뿐이군."

대충 이해가 가는 상황에 노형진은 고개를 절레절레 흔들
었다.

"뭐? 회장 딸내미라도 된다는 거야?"

"아니, 불륜 중이라는 거지."

"으엥? 불륜?"

"그래. 하긴, 생각해 보면 그런 사람이 거기에 있다는 것
자체가 이상한 일이기는 해."

그런 성격으로 그런 일을 하는 데에는 한계가 있다. 그런
데 그런 곳에서 일하고, 사고를 쳤는데도 잘리지 않았다.

"그 말은 그 위쪽에서 상당한 비호를 받고 있다는 뜻이지."

"헐."

그렇다면 그때의 행동도 이해가 가고, 또 지금의 행동도
이해가 간다.

믿는 구석이 있으니 그때 그렇게 행동했고 실제로도 자신
을 자르지 못한다는 걸 알고는 더욱 기고만장해진 것이다.

"아니, 누구이기에?"

"점장이겠지."

"점장? 그 정중해 보이던 남자? 설마! 그 사람은 사과했잖아?"

"설마가 아니야. 점장이 나서서 사과할 정도의 사건이었
어. 더군다나 단순 계산 실수도 아니고, 직원이 손님을 모욕

했다고. 그런데도 안 자른다는 건 말이 안 되지."

점장이 자르라고 했는데 그 아래에서 무마할 수는 없는 일이다.

즉, 그걸 무마할 수 있는 사람은 점장뿐이다.

"헐퀴, 그렇게 안 보였는데."

"원래 바람피우는 인간은 조심하기 마련이거든. 그리고 나이를 보아하니 유부남인 것 같던데, 유부남이 바람피우는 건 그 자체가 약점이야."

그 당시 어떻게 해서든 기사로 나가지 않게 하기 위해 성미나에게도 상당히 오래 이야기했다. 그래서 나가지 않은 것이고 말이다.

"뭐, 바람을 피우든 말든 그건 내 알 바 아니기는 한데."

노형진은 어깨를 으쓱했다.

엄밀하게 말하면 이건 자신과 하등 관계가 없는 사건이다. 모든 것은 끝났고, 자신들은 사과받았다.

하지만 지금은 저쪽에서 도발하고 있다.

"넌 어쩌고 싶어? 어차피 그냥 있으면 혐의 없음으로 끝날 사건인데."

"형사적으로는 그런데, 글쎄. 아무래도 그냥 넘어가기는 좀 그렇지 않아? 버르장머리를 고치고 싶은데 나로서는 방법도 없고."

어깨를 으쓱하는 손채림.

"넌 방법이 없을지 몰라도 난 있지."

"네가 하려고? 하지만 돈 들잖아?"

"아. 돈 안 들어. 걱정하지 마."

"응?"

"돈 안 드니까 걱정하지 말라고. 뭐, 좀 귀찮기는 하지만 어차피 퇴근 후에는 시간도 남고 말이지."

"뭐 하려고?"

"개진상 짓 좀 떨어 보려고."

"개진상?"

"응, 후후후후."

노형진은 주머니에서 뭔가를 꺼내 들었고, 그걸 본 손채림은 그 개진상 짓이 뭔지 어렴풋하게 이해가 갔다.

"여러모로 피곤하겠네."

"지들이 어쩔 거야? 맨날 호갱이니 고갱이니 하면서 호구 취급 받으라는 법은 없잖아?"

노형진은 이번 기회에 손님이 왜 왕인지 알려 줄 생각이었다.

⚖️

"1억 9,800만 원입니다."

백화점 직원은 계산하면서도 질려 버렸다는 표정이 되었다.

노형진이 들이닥칠 때만 해도 '2차전이 시작되는구나.'라고 생각했다. 이미 맞고소한 것은 알고 있기 때문이다.

그런데 노형진은 싸운 게 아니라 물건을 샀다.

그것도 여기에 있는 모든 물건을, 심지어 재고까지 말이다.

"그것밖에 안 돼요?"

"그것밖에라니……."

진짜 명품 라인도 아니고 명품인 척하는 브랜드이다 보니 기껏 비싸 봐야 300만 원 선이었다.

그런데 그런 브랜드의 상품을 무려 2억 가까이 샀으니 여기에 있는 건 볼펜 하나까지 다 샀다고 봐야 한다.

"일시불."

"헐."

심지어 그걸 할부도 아니고 일시불로 긁는 모습에 직원들은 등골이 오싹해졌다.

'이런 사람한테 싸움을 걸었단 말이야?'

질려 버렸다는 표정으로, 구석에서 모른 척하고 있는 선배를 바라보는 여직원.

'미쳤구나.'

그녀가 어떤 사람인지 알고 있다고 하지만 이건 영 상대가 안 좋았다.

"그래서 결제 안 해요?"

"네? 아, 네……. 그러면 결제를……."

무려 2억에 가까운 돈이라 그걸 결제하는 그녀의 손도 떨렸다.

한도 초과나 그런 게 나오지는 않을까 생각했는데 그냥 깔끔하게 일시불로 결제 완료.

"포장해서 배달해 줘요."

"네."

뒤도 안 돌아보고 나가는 노형진을 부러운 눈빛으로 바라보던 직원들은 왠지 안쓰럽다는 표정으로 사고를 친 선배를 바라볼 수밖에 없었다.

⚖

"환불?"

"네."

점장은 부들부들 떨었다.

벌써 며칠째다.

매장에 와서 싹 쓸어 가고 이틀 뒤에 환불하고, 다시 매장에 와서 싹 쓸어 가고 이틀 뒤에 환불하고……

"매장 직원들은 완전히 죽을 맛입니다."

"끄응……."

처음에는 2억 원어치를 샀다.

당연히 물건이 다 나갔으니 그 물건을 다시 채워야 해서 2억 원어치를 다시 들여왔다.

그런데 돌아와서 환불.

그러자 순식간에 재고가 4억 원어치가 되었다.

그런데 다음 날 또 와서 사 가고, 매장에서 다시 2억 원어치를 사 오자 다시 환불해서 6억. 이번에는 재고가 없어서 1억 원어치만 들어오자 다시 환불해서 재고가 7억.

"벌써 재고가 11억이 넘어갑니다."

"미친……."

"영업은 불가능하고요."

물건이 들어오면 싹 쓸어 가고 제품이 다시 들어오면 환불해 버리자, 당연히 재고는 넘치는데 팔 물건이 없는 기현상이 벌어지고 있었다.

"그냥 블랙리스트에 올려서 거래를 막아요."

"그게…… 변호사입니다."

"변호사?"

"네. 블랙리스트에 올리기가 그렇습니다."

"끄응……."

물론 변호사라고 해서 하지 말라는 법은 없다. 진상이면 그냥 진상 취급을 하면 그만인 것이다.

그러나…….

"그런데 이런 말을 하면 아실 거라고……."

"뭔 말?"

"남자는 아래를 잘 놀려야 한다는……."

"이런 씨발⋯⋯."

점장은 얼굴이 사색이 되었다.

사실 자신과 그 여직원이 불륜 관계인 것은 어지간한 사람은 다 안다. 그저 집과 상부만 모를 뿐이다.

"만일 블랙리스트에 오르면 본사를 상대로 소송전을 벌일 거랍니다."

"큭."

그말인즉슨 자신의 불륜이 외부에 드러난다는 뜻이다.

'이런 씨발⋯⋯.'

본사에서는 당연히 징계가 떨어질 것이다.

애초에 점장이 아무리 파워가 좋다고 해도 이런 문제에 대해서는 예민할 수밖에 없다.

그리고 본사에서 알게 된다는 것은⋯⋯.

'집에서도 알게 된다는 소리⋯⋯.'

그 말은 자신이 이혼소송에 휘말리게 될 거라는 뜻인데, 이혼소송에 휘말리면 월급 역시 분할 재산으로 취급받는다.

점장 자리야 지킬 수도 있지만 자신의 인생은 시궁창에 처박히게 되는 것이다.

"아무래도⋯⋯ 잘못 걸린 것 같습니다."

"고작 변호사 하나를 못 이겨요?"

"들리는 소문에 의하면 재산이 수백억대랍니다."

"수백억!"

그러면 어마어마한 거물이다.

그리고 그 정도 되는 사람이 본사와 소송전을 하면 자신의 모가지 날아가는 것은 일도 아니다.

사장단도 아니고, 일개 점장에게 무슨 힘이 있단 말인가?

"씨발……."

생각지도 못한 사태가 벌어지자 점장은 머리를 부여잡았다.

"12억 7천만 원입니다."

"일시불."

여직원은 이제 담담한 얼굴이었다.

이제는 아예 물건 자체가 들어오지 않는다. 고생하는 건 자신들뿐이다.

'왜 우리가 이래야 하냐고.'

일단 물건을 사면 포장을 해서 보내야 하는데, 포장이 뜯기지도 않은 채 다시 돌아온다.

다시 환불받으면 그걸 다시 뜯어서 진열해야 하는 것은 자신들의 일이다.

그리고 그걸 다시 사면 재포장해야 한다.

사 갈 게 뻔하다고 하지만 업무 규정상 모든 것을 확인해야 한다.

일단 물건이 돌아온 까닭이 하자가 발생해서일 수도 있고, 반대로 이쪽에서 나가다가 하자가 발생할 수도 있기 때문이다.

"선물 포장 부탁합니다."

노형진은 절망하는 직원에게 다시 포장을 부탁하고 바깥으로 나왔다.

"캬, 역시 이 맛에 진상 짓을 하나 봐."

노형진이 히죽거리면서 그곳을 나오자 점장이 다가왔다.

"고갱님."

"어이구, 점장님. 어쩐 일로 여기 오셨습니까?"

"저희가 잘못했습니다. 제발 용서를……."

"전 고객이 아니라 호갱이라서 잘 모르겠네요. 그냥 법대로 하세요."

"고객님……."

법대로 하면 자신이 무슨 꼴이 날지는 뻔하다.

이혼당하고, 잘리고…….

"저희가 용서를 빌겠습니다."

"아, 전 호갱이라서 잘 모른다니까요."

"제발…… 그만해 주십시오."

"싫은데요. 이 재미있는 진상 놀이를 왜 그만둬요?"

노형진이 히죽 웃자 절망적인 표정이 되는 점장.

'이런 씨발…….'

소송을 안 한다고 해서 모든 문제가 해결되는 것은 아니다.

소송까지는 가지 않는다고 해도 이런 사태가 계속되면 매출의 이상을 알아챈 본사에서 조사하러 나올 것이다.

'젠장……'

차라리 본사에 항의만 한 거라면 자신의 인맥으로 얼마든지 막아 낼 수 있다.

점장이라는 자리를 그냥 고스톱 쳐서 얻어 낸 것은 아니니까.

하지만 이렇게 금전적인 이상이 발견되면 자신의 실수가 드러날 수밖에 없게 된다.

"고객님."

"그러니까 제대로 운영을 하셨어야지요. 바람피우는 것도 작작 하셨어야지요."

만일 그녀가 맞고소만 하지 않았어도 아마 일이 이 지경까지 되지는 않았을 것이다.

그녀가 잘리지 않았다고 해도, 자신들과 관련이 있는 일은 아니니까.

하지만 그녀는 맞고소를 했고, 그 결과 자신들을 분노하게 했다.

"그나저나 슬슬 이 짓도 지겹네요."

"네?"

반가움에 고개를 번쩍 든 점장.

하지만 노형진은 그를 놔주고 싶어서 그런 말을 한 게 아니었다.

"그 앞의 다른 매장도 물건이 참 많아 보이던데."

"……."

사색이 된 점장.

그는 고개를 푹 숙일 수밖에 없었다.

⚖️

"결국 잘렸대."

며칠 후 손채림은 성미나에게 들은 소식을 가지고 왔다.

"다급하기는 했나 보네."

"돈 많은 부자보다는 돈 없는 직원을 자르는 게 더 편하니까."

"슬픈 일이지만. 그나저나 그 여자 성격에 그냥 쉽게 물러날 것 같지는 않은데?"

"안 그래도 시끄러운가 봐."

졸지에 잘렸다.

그리고 잘렸다는 것은 사실상 내연 관계도 끝을 내겠다는 뜻이니, 물주 하나 물어서 편한 삶을 살던 그녀가 그냥 물러날 리 없다.

"집으로 들이닥친 모양이야."

"쯧쯧."

멍청하게 아랫소리를 잘못 놀린 대가는 컸다.

회사에서 잘리지 않기 위해 불륜녀를 해직했지만, 그 여자에게는 호구를 놔줄 생각이 없었던 것이다.

"뭐, 복수는 깔끔하게 한 것 같네."

"가끔은 진상 짓도 할 만하네."

"그래서 또 하려고?"

"아니, 사양하겠어. 진상 노릇은 적당히 해야지, 후후."

노형진은 피식하고 웃고 말았다.

"네가 진상인 걸 알기는 아는구나."

손채림은 그저 피식 웃고 말았다.

그 미소에 노형진은 미소로 답했다.

"맨날 호갱님이 될 수는 없잖아? 후후후후."

돈은 피보다 진하다

"저런, 저런……."

"세상에 어쩌다가."

세상을 살다 보면 수많은 사건과 사고를 만나기 마련이다. 그리고 그중에는 참으로 안타까운 사고가 있을 수밖에 없다.

"이놈의 안전 불감증이 문제라니까."

수학여행 중에 건물에서 화재가 났는데 아이들이 피하지 못했다.

아니, 피할 수가 없었다.

스프링클러는 작동하지 않았고, 경보 벨은 고장 나서 울리니까 시끄럽다고 꺼 뒀으며, 창문에는 아이들이 밤에 나가는 것을 막는답시고 쇠창살을 박아 뒀다.

선생이 늦게 알아차리고 부랴부랴 아이들을 대피시켰지만 마흔 명이나 되는 아이들이 고혼이 되고 말았다.

"고등학생까지 키웠는데 참……."

금이야 옥이야 키워 놨는데 갑자기 이렇게 죽어 버렸을 때 부모가 받았을 충격은 어마어마할 수밖에 없다.

더군다나 그들이 그냥 죽은 것도 아니고 구할 수 있는데 안일한 선생들의 안전 불감증 때문에 죽었다는 것이 얼마나 충격이 크겠는가?

"에잉, 말세야. 저놈의 안전 불감증은 도무지 나아질 생각을 안 한다니까."

노문성은 혀를 끌끌 차면서 고개를 흔들었다.

"그러게 말이에요."

가족들과 주말 밤을 보내고 있던 노형진 역시 혀를 끌끌 찼다.

"얼마나 술을 처먹었으면."

제대로 순찰을 돌았으면 일이 이 지경이 되지는 않았을 것이다.

하지만 안전을 담당해야 하는 선생님들은 술을 먹고 뻗어 버려서 순찰을 도는 것은 그 숙소에서 일하는 알바생 한 명 뿐이었다.

그나마도 잠들어 버리는 바람에 누구도 불을 일찍 발견하지 못한 것이다.

"아주 개차반이구먼."

"세영이는 설마 저런 일을 당하지는 않겠지요?"

"설마."

서세영은 지난번 사건 이후에 노문성의 집에 같이 들어와서 살게 되었다.

고아원에 보내기도 그렇고, 노문성 역시 노형진은 대부분을 서울에서 보내고 노현아는 시집을 가 버리는 바람에 집안이 적적했던 차였던 것이다. 어머니는 막내딸이 생긴 것 같다고 좋아했고.

"잘 가 있겠지."

수학여행 시즌이다 보니 영 불안한 사건이 많았다.

"그나마 해외로 갔잖니."

"글쎄요…… 해외로 간다고 해서 안전 불감증이 사라질 것 같지는 않은데요."

"끄응."

"일단은 전화해서 확인해 봐요."

"안 그래도 해 봤다. 계속 통화 중이더라."

"그럴 만하죠."

저 뉴스를 보고 수학여행을 보낸 사람들이 불안을 안 가질 리 없으니까.

"그나마 다행인 건, 저런 뉴스를 보고 경각심을 가지고 조심하지 않을까 하는 거다."

"글쎄요."

노형진은 아버지의 말에도 왠지 불안한 시선으로 텔레비전을 바라보았다.

"그렇다면 안전 불감증이 아니겠지요."

"끄응……."

노문성은 아무런 말도 못 하고 그저 걱정스럽게 뉴스만 바라볼 뿐이었다.

⚖️

"자, 자! 빨리 소송 준비하고."

"소장 어디에 있어!"

사건이 계속 진행되고 사람들은 여전히 바쁘게 뛰어다니고 있었다.

경기가 안 좋아질수록 소송이 늘어났는데, 그 소송의 상당수가 새론으로 몰려오고 있었던 것이다.

다른 곳에 비해 낮은 수임료와 체계적인 변론 방식 덕분이다.

"자, 자! 빨리빨리!"

노형진은 오늘도 중요한 사건을 준비하기 위해 사람들을 재촉하고 있었다.

"노 변호사님."

"응?"

그런데 누군가 부르는 소리에 고개를 돌려 보니 손예은 변호사가 자신을 바라보고 있었다.

　"손 변호사님, 무슨 일입니까?"

　"혹시 바쁘신가요?"

　"예, 이번 사건은 좀 바빠서요."

　"그런가요……."

　"뭐 도와드릴 일이라도?"

　"별거 아닙니다."

　손을 흔들면서 자신의 사무실로 들어가는 손예은.

　노형진은 어깨를 으쓱하고는 다시 서류를 챙기기 시작했다.

　그러나 그 옆에서 서류를 챙기던 손채림이 포기했다는 듯 머리를 절레절레 흔들었다.

　"너 참 바보다."

　"응?"

　"여자가 별거 아니라면서 가는 건 별거 있는 거야."

　"응? 네가 그걸 어떻게 알아?"

　"지금 내 가슴에 달려 있는 게 뭐라고 생각해?"

　"아…… 말하면 성희롱이라 말 안 할래."

　"말해 봐."

　"당연히 뽕브…… 컥……."

　마지막 말을 하지 못한 노형진은 컥컥거리면서 목을 부여잡았고, 옆에서 서류를 챙기던 직원들은 낄낄거렸다.

사이가 나쁜 게 아니다. 도리어 사이가 너무 좋아서 서로 다른 사람에게 보여 주지 않는 모습을 보여 줄 뿐이다.

"성희롱이다."

"하라며?"

"다른 건 줄 알았지. 그리고 아까 말했다시피 저건 그냥 별일 아닌 게 아니야. 가 봐."

"연애가 아니라 일이거든."

"연애인지 어찌 알아?"

"손 변호사님, 남친 있다."

"뭐? 네가 그걸 어떻게…….."

"우연히 알았어, 우연히."

원해서 안 게 아니라 우연히 그녀의 기억을 읽게 된 것뿐이다.

그녀에게 넘겨받은 사건 자료에서 기억을 읽었는데, 그녀의 기억이 섞여 있었던 것이다.

'거참…… 취향 특이해.'

변호사쯤 되면 아주 잘나가는 남친을 둘 거라고 생각하게 된다. 더군다나 손예은 변호사는 상당한 미모를 가지고 있어서 냉정한 모습만 아니라면 여러 사람들이 구애할 것 같은 사람이다.

'그런데 그런 타입이라니.'

기억 속의 남친은 그냥 조용한 사람이다.

조용한 정도가 아니라, 스님이라고 해도 믿을 만큼 차분하고 이해력이 넓다.

'하긴, 그런 사람이 아니면 손예은 변호사를 어떻게 받아주겠어?'

감정 표현을 잘 하지 않는 타입이니 대부분의 사람은 그냥 떠나 버린다.

그렇게 포용력이 큰 사람이니 서로에 대해 잘 알 때까지 기다려 줄 수 있었으리라. 다만 띠 동갑이라는 게 좀 문제이기는 하지만…….

"뭘 그렇게 생각해?"

"응? 아니야. 그런데 아까 무슨 이야기를 했지?"

"여자가 별거 아니라고 하는 건 별거라고."

"그래?"

"너한테 연애를 물어볼 건 아닐 것 같고, 무슨 사건 같은데?"

"사건?"

"응."

"흠…….."

도와주고는 싶지만 현재 있는 사건이 너무나 중요하다. 거기에다 오후에 바로 출석해야 한다.

"일단은 내가 좀 알아볼게. 넌 재판 가야 하잖아."

"일하기 싫어서 그러지, 너?"

"어차피 내가 할 수 있는 건 다 했거든."

"그건 그렇기는 하네."

사건을 다 정리했고 이제 남은 것은 들고 가는 것뿐이다. 그건 남자 직원 혼자서 할 수 있는 일이다.

"같은 팀의 일원으로서 사건을 조율하는 것도 내 일이야."

"알았다. 일단 네가 좀 알아보고 있어."

노형진은 대수롭지 않게 그녀에게 대화를 맡기고 법원으로 서둘러서 향했다.

그렇게 그날이 지나고 며칠이 흘러 그 사건을 잊고 있을 때쯤, 손채림은 어쩔 수 없다는 듯 노형진에게 다가왔다.

"왜 그래?"

"사건 하나 맡겨야 할 것 같아서."

"사건?"

"응."

"뭔 사건?"

"전에 손예은 변호사가 뭐 하나 이야기하려고 했던 거 기억나?"

"아, 그거. 그러고 보니 이야기가 없어서 잊고 있었네. 왜 이야기를 안 한 거야?"

"자체적으로 방법을 찾아보려고 한 모양인데, 아무래도 방법이 없었던 모양이야."

"무슨 사건인데?"

"보상금 문제야."

"보상금?"

"너 얼마 전에 수학여행 간 곳에서 화재 났던 거 기억나지?"

"그 사건? 기억하지."

집에서 아버지와 함께 보면서 혀를 얼마나 끌끌 찼는가?

대한민국의 고질적인 안전 불감증으로 인해 결국은 마흔 명이나 되는 아이들이 목숨을 잃어버렸다.

손해배상을 하기 위해 협상을 하고 있다는 소식은 들었지만 그 이후의 소식은 듣지 못했다.

하루가 멀다 하고 사고가 터지니 그런 소식을 계속 전달하는 매체가 없었던 것이다.

"그 배상금 때문에 그래."

"그 사건, 네 아버지 회사에서 담당하잖아?"

법무 법인 태양. 대한민국 로펌 2위. 그리고 손채림의 아버지가 있는 곳.

그곳이 그 사건을 담당하고 있다. 자신이 끼어들 만한 일이 아니다.

"그 사건은 이미 끝났어. 합의도 어느 정도 끝났고."

"그런데?"

"문제는 그 후야."

"후?"

"그래, 합의금 분배 과정에서 문제가 생겼나 봐. 그런데 태양에서는 자기들은 모르겠다고 하는 식이고."

"뭐라고?"

노형진은 고개를 갸웃했다.

'태양이 돈을 빼돌렸나? 그럴 리 없는데?'

태양은 변호사 업계에서 2위다. 새론이 많이 성장했다고 하지만 태양에 비할 바가 못 된다.

그런 곳이 뭐가 아쉽다고 그 돈을 빼돌린단 말인가?

애초에 태양이 그 사건을 담당했던 것은 돈을 원해서가 아니라 사회적으로 관심이 쏠린 사건이라 일종의 이슈를 타기 위해서였다.

사람들은 공명정대한 로펌일수록 자기들 이야기를 들어 준다고 생각하기 때문이다.

"무슨 분배? 합의금은 개인별로 지급되는 거잖아. 그걸 한 명한테 주거나 할 수 있는 게 아닌데?"

합의금을 한꺼번에 누군가에게 줘서 서로 나눠 가지라고 하는 것은 말도 안 되는 소리다.

개인당 얼마씩으로 합의되면 당연히 그 돈을 따로 줘야 한다.

물론 태양과 같은 대리인에게 줘서 분배할 수도 있지만, 그건 어디까지나 법무 법인 태양이 대리인이고 또 떼어 먹을 가능성이 전혀 없기 때문이다.

"그게 아니라 부모가 문제야."

"부모? 누가 뭐 그걸 받아서 늘려 주겠다고 사기라도 친 거야?"

이것이 법이다

노형진은 고개를 갸웃했다.

그렇지만 그럴 가능성은 낮다.

독하게 말하면 자식의 목숨값이다. 그걸 그렇게 쉽게 내줄리 없거니와, 그걸 가지고 사업 자금으로 쓰겠다고 투자하라고 자식이 죽었는데 다른 피해자들을 꼬시는 놈도 없을 것이다.

"하아, 그게 그러니까……."

손채림은 어이가 없다는 듯 한숨을 쉬고 설명하기 시작했다.

피해자 중에는 쌍둥이도 있는데 그중 한 명은 죽고 다른 한 명은 병실에서 혼수상태로 있다는 것이다.

"그래?"

"그래. 일단 합의된 것은 사망자에 한해서야. 피해자들은 아직 진료비가 얼마나 들지 모르는 상황이니까."

그런 상황에 어머니라는 작자가 나타나서 난데없이 합의 금을 가지고 도망갔다는 것.

"엉?"

노형진은 그게 무슨 소리인지 순간적으로 이해가 가지 않았다.

어머니라고 하면 당연히 그 쌍둥이의 어머니일 것이다. 그리고 당연히 이번 사건의 피해자이기도 하다.

그런데 그녀가 왜 갑자기 나타나서 돈을 들고 도망간단 말인가?

"아, 내가 말을 너무 짧게 했네. 쉽게 설명해서, 도망갔던 여자가 나타난 거야."

"도망갔던 여자?"

"그래."

쌍둥이네 집은 가난했다. 진짜 굶어 죽을 정도까지는 아니지만 그래도 편한 삶을 살 수 있는 것은 아니었다고 한다.

"그런데 쌍둥이가 태어난 후 1년쯤 있다가 결국은 엄마라는 그 여자가 도망간 거지."

하루하루 힘든 삶. 거기에 쌍둥이까지, 모든 것이 삶을 지치게 한다고 그 엄마라는 존재는 어디론가 도망간 것이다.

"그리고 지금까지 한 번도 안 나타났다는 거야."

"끄응……."

노형진은 대충 상황을 이해했다.

"그런데 갑자기 나타났다는 거야?"

"그렇지. 어떻게 소식을 알았는지는 모르겠지만."

그리고 그렇게 나타나서는 돈을 들고 도망갔다는 것.

"빌어먹을……. 손쓸 방법이 없기는 하네."

"태양에서도 방법이 없다고 해서 우리 쪽으로 온 모양이야."

"확실히 손쓸 방법이 없지. 애초에 이혼한 게 아니라면 말이야. 그런데 그렇다는 건 이혼하지 않았다는 건데……."

"혹시나 돌아올까 봐 이혼을 안 했대."

"멍청하긴."

법적으로 집을 나간 엄마라고 해도 부모이고 또 보호자다. 그리고 보호자가 와서 돈을 달라고 하니 그걸 주는 게 정상이고.

'문제는 이런 경우지.'

집을 나가서 사실상 자식에게는 아무런 행동도 하지 않고 자기 삶을 살아온 여자.

그런 여자가 갑자기 나타나서, 자기 자식이 죽어서 받은 돈을 내놓으라는 것이다.

"배상금이 얼만데?"

"3억 5천."

"끄응……."

건물주와 학교 그리고 성금까지 합쳐서 무려 3억 5천이라는 돈을 여자가 가지고 도망간 것이다.

"그래서 어디로 갔는지는 모르고?"

"어디 간 게 문제가 아니라, 쌍둥이라니까. 쌍둥이 동생도 죽게 생긴 걸 그나마 병원에서 배려해 줘서 아직 안 나가고는 있는데……."

"아!"

사망자에 대해서는 배상금이 결정되었지만 아직 사망하지 않은 부상자에 대해서는 치료비가 확정되지 않았기 때문에 배상 결정이 나지 않았다.

만일 그 쌍둥이 집이 손채림의 말대로 가난하다면 당장 병원비가 없을 수밖에 없다.

"흠……."

노형진은 그 생각을 하면서 얼굴을 찌푸렸다.

'그러고 보니 이런 사건이 적지가 않네.'

정상적인 집안이 대부분이기는 하지만 가끔은 이런 집도
있다.

그나마 이혼하고 한쪽으로 양육권이 갔으면 이런 문제가
안 생기는데, 혹시나 돌아올까 하는 헛된 바람으로 이혼도
안 하고 그냥 실종 신고만 하고 살아가는 것이다.

'그 후에는 이런 때에 나타나서 돈을 들고튀는 거지.'

문제는 이게 지극히 합법이라는 것.

돈을 준 사람을 탓할 수도 없다.

부모라는 증빙서류를 가지고 와서 돈을 달라는데 안 줄 수
는 없으니까.

"그래서 당장 그 돈이 필요한 거야."

"병원에서는 어떻게 한대?"

"사정이 사정인 만큼 기다려 준다고는 하지만 그게 얼마나
갈지……."

일단 혼수상태라는 것 자체가 그다지 좋지 않은 상황이라
는 뜻이다.

재수 없으면 산소호흡기를 주렁주렁 달고 있을 수도 있고,
수술을 해야 하는 시점일 수도 있다.

'그걸 뗀다는 것은 사실상 자기 자식을 직접 죽인다는 소
리인데…….'

한 아이가 죽은 지 얼마 되지도 않았는데 다른 아이까지 죽일 수 있는 부모가 있겠는가?

만일 돈 때문에 그런 일이 벌어진다면 아마도 그 부모는 자살하게 될 것이다.

'미친년 같으니.'

노형진은 속에서 분노가 치밀어 올랐다.

이번에는 여자가 문제를 일으켰지만 반대의 경우도 많다.

도박에 빠져서 합의금으로 도박한 남자도 있었고, 그걸 가지고 룸살롱을 다녔던 쓰레기도 있다.

심지어 이모라는 작자가 피해자를 속여서 그 돈을 다 빼앗은 적도 있다.

"그년이 어디에 있는지 모른다는 거지?"

"그걸 받을 수 있는 방법도 없다는 거고."

"흠."

노형진은 대충 이해가 갔다.

어디 박혀 있는지도 모르는 여자를 어떻게 찾겠는가?

더군다나 그 여자가 돈을 가지고 간 것은 합법이다. 그러니 당연히 그 여자가 그 돈을 주려고 하지도 않을 것이다.

"그걸 되찾아 올 수 있을까 해서 널 찾아간 거래."

"아무래도 상황이 급하네."

"병원비를 내야 하니까."

일단 병원에서 양해해 주고 있다고 하지만 그건 어디까지나 양해일 뿐이다. 아무리 병원이 착해도 돈도 안 주는 환자를 계속해서 놔둘 리 없다.

산소호흡기야 떼지 못하겠지만 당장 영양제가 없으면 굶어 죽는 게 사람이다.

"나도 바쁘기는 하지만…….”

최소한 이런 문제처럼 생명이 걸린 것은 아니다. 더군다나 이건 양심과 관련된 문제다.

"일단 지금 있는 사건은 시간을 좀 더 끌어 봐야겠네."

노형진은 고개를 절레절레 흔들면서 말했다.

"하는 거야?”

"산 사람이라도 살리려면 해야지, 어쩌겠어."

그리고 노형진은 돈 때문에 자기 자식을 죽이려고 하는 여자를 놔둘 생각 따위는 없었다.

⚖️

"노형진 변호사라고 합니다. 손예은 변호사에게 이야기는 많이 들었습니다.”

노형진은 병원에서 절망적으로 머리를 부여잡고 있는 피해자인 정서범을 만났다.

그는 꼬질꼬질한 옷을 입은 채로 머리를 잡고 고통스러워하고 있었다.

"네? 설마…….."

"아, 그런 거 아닙니다. 저희가 포기한 게 아니라, 도와 달라고 해서 제가 끼어든 겁니다."

"그런가요…….."

절망적으로 말하는 정서범.

혹시나 다른 곳처럼 방법이 없다고 손을 뗄까 걱정했던 것이다.

"아이는 어떻습니까?"

"산소호흡기 덕에 간신히 살아 있습니다."

고개를 들지 못하고 말하는 정서범.

그런데 그의 옷이 정상적인 상태가 아니었다. 오래된 건 둘째 치고, 여기저기 흙이 잔뜩 묻어 있는 상황.

"어떻게 된 거야?"

"병원비를 구해야 하니까 노가다를 뛰는 모양이야."

"큭."

자식이 죽은 지 얼마나 지났다고 다른 자식이라도 살리기 위해 노가다 현장으로 가야 하는 그의 가슴이 얼마나 찢어질지는, 아마도 신만이 아실 것이다.

그리고 자식을 살려야 할 그 돈을 가지고 간 여자는 떵떵거리면서 잘살고 있을 테고 말이다.

"일단은 집에서 쉬셔야 할 것 같은데? 이러다가는 다른 시체를 먼저 치우겠다."

제대로 쉬지도 못한 채로 돈을 벌기 위해 노가다를 뛴다면 몸이 얼마나 망가질지는 뻔한 일이다.

　　"그거야 그렇지만 병원비가 문제야."

　　단순히 침대에 누워 있는 게 아니다.

　　영양제에 주사제, 치료약, 생명 유지 장치 그리고 중환자실 비용까지, 병원비는 어마어마한 속도로 늘어나고 있었다.

　　"그거야 일단은 내가 내지."

　　"뭐?"

　　손채림은 깜짝 놀랐다.

　　노형진이 의뢰인에게 자신의 돈을 미리 내주는 경우는 거의 없기 때문이다.

　　"보통은 안 주잖아?"

　　"불쌍한 것과 일을 한다는 건 다른 거야. 불쌍하다고 다 퍼 주고 그러면 변호사가 아니라 그냥 자원봉사자지. 하지만 이건 사람 목숨이 달린 거잖아."

　　"그건 그렇지."

　　병원에서 산소호흡기를 빼지는 않겠지만 자식을 살리려는 부모의 입장에서는 마음이 다급할 수밖에 없다.

　　"일단 병원비는 제가 계산할 테니 가서 쉬시는 게 좋을 듯합니다."

　　"네? 아, 아닙니다. 그걸 어떻게……."

　　"그냥 드리는 거 아닙니다. 빌려드리는 겁니다. 제가 그걸 받아 낼 생각이니까요."

"하지만……."

정서범은 자신의 딸이 있는 중환자실을 물끄러미 바라보았다.

언제 깨어날지 모르는 자신의 마지막 남은 아이.

그 아이를 두고 차마 이곳을 떠날 수는 없었다.

"이 병원 지하에 가면 환자 가족 대기실이 있습니다. 거기에라도 들어가세요. 이러다가 아버님이 먼저 쓰러지십니다."

"네……."

어쩔 수 없다는 듯 고개를 끄덕거린 정서범은 다른 직원의 부축을 받으면서 휴게실로 향했다.

그사이 노형진은 병실 앞에서 다른 사람을 만났다.

"수진이의 상태가 어떻습니까?"

"나쁜 건 아닙니다. 몸도 정상이고요. 시간이 걸리기는 하겠지만 깨어날 겁니다."

"그래요?"

"네. 하지만 문제는 아버지 쪽입니다."

"아버지 쪽?"

"네."

차라리 아무것도 모르고 있는 아이는 그나마 조금씩 몸이 나아지고 있는 상황이다. 하지만 아버지인 정서범은 도리어 죽어 간다고 하는 게 맞을 정도로 몸 상태가 안 좋다고 한다.

"병원비는 추후 지불해도 된다고 몇 번이나 말씀드렸습니다만…….''

"저런 분들은 남에게 빚을 지는 것을 무척이나 싫어하지요."

"그러니 어떻게 해서든 그 돈을 벌려고 하는 것일 테구요."

"바보 같은 짓인데 말이지요."

남에게 빚을 지는 것도 결국은 삶이다. 그리고 그걸 갚아 나가면 되는 것이다.

민폐라고, 절대로 빚을 지면 안 된다고 생각하면 세상을 사는 데 한계가 있을 수밖에 없다.

"그 여자 때문에 이게 뭔 꼴인지."

"사정을 아시나 봅니다."

"알지요."

그 여자가 돈을 들고 튄 후 병원비를 내지 못하고 있으니 병원의 입장에서 사정을 모를 수가 없다.

"그래서 제가 위에 말해서 시간은 벌고 있습니다만, 언제 까지 될는지…….''

"일단 치료비는 나오지 않을까요?"

"글쎄요. 그쪽에서 치료비에 관해서는 도무지 책임지지 않으려고 해서요."

노형진도 그걸 알고 있었기 때문에 고개를 끄덕거렸다.

'이 진료비라는 게 영 골치 아픈 거지.'

죽은 사람은 그냥 딱 주면 끝이다.

하지만 죽지 않은 사람은 언제까지 필요할지 모르는 진료비와, 이런 사건의 경우 정신적 치료비까지 감당해야 한다.

그 시간이 몇 달이 걸릴지 몇 년이 걸릴지 알 수가 없으니 당사자는 그걸 한 번에 주고 더 이상 주지 않으려고 하는 반면 피해자들은 장기적인 진료비까지 요구하니 당연히 협상이 쉽게 될 리 없다.

"제발 그 망할 년 좀 잡아 주세요."

의사조차도 어이가 없다는 듯 분노를 표출했다.

자기 자식이 죽어 가고 있는데 그 진료비를 들고 도망간 여자에게 무슨 말이 필요하겠는가.

"그러지요."

노형진은 고개를 끄덕거렸다.

그 또한 그 여자를 용서할 생각은 결단코 없었다.

⚖️

"하지만 쉬운 건 아니란 말이지."

사건 기록을 살피면서 노형진은 안타깝다는 듯 중얼거렸다.

"그 돈을 달라고 하면 받아 낼 수 있지 않아?"

"받아 낼 수야 있지. 부모니까 어찌 되었건, 절반은 말이지."

"흠……."

"하지만 과연 줄까? 애초에 그걸 받아서 도망갈 정도의 여자가 주려고 할 리 없잖아?"

"그건 그렇지."

애초에 달란다고 '네.' 하고 줄 여자라면 도망가지도 않았을 것이다.

"법적으로 받아 낼 수 있는 건 절반이야. 그나마도 상당한 소송을 통해 받아 내야겠지."

"그래서 문제입니다. 물론 일단 병원비는 노 변호사님이 지불하셨으니 급한 불은 끈 셈이지만, 장기적으로 그런 여자가 돈을 가지고 가게 두는 것은 결코 좋은 생각은 아니라고 봅니다."

"적은 돈도 아니고 말이지. 손 변호사님의 말씀이 맞아."

자기 자식을 버리고 갔던 여자가 무려 수억에 달하는 돈을 들고 도망간다는 것은 상식적으로 말이 안 된다.

더군다나 그녀는 다른 한 명이 어떻게 되든 상관도 안 하는데 말이다.

"결국 원하는 건 전액을 받아 내야 한다는 거잖아?"

"그렇지."

"문제는, 그들이 여전히 가족이라는 거지."

"흠……."

가족.

이게 무슨 뜻이냐면, 법적으로 그녀가 돈을 가지고 가는 것을 막을 방법이 없다는 뜻이다.

"이혼하면?"

"이혼을 해도 결국은 사후 이혼이야. 그러면 법적으로 재산을 분할하게 되어 있지. 그 배상금도 말이야."

"그러면 놔둬야 한다는 거야?"

"그건 아니지. 일단 이혼은 해야지. 지금 상황에서는 그게 최선이고 말이야."

사실상 부모로서 아무런 일도 하지 않았고 도리어 인간적으로 해서도 안 되는 그녀가 여전히 부모라는 타이틀을 가지고 있을 수 있는 까닭은 단 하나뿐이다.

"정서범 씨는 그 사람이 다시 돌아와서 부모가 되어 줄 거라 기대하고 있지만 말이지. 그건 말도 안 되는 소리야."

설사 돌아온다고 한들 뭘 어떻게 해 주겠는가?

아이들 중 한 명은 죽었고 한 명은 혼수상태다.

"마음이 약해서 혹시나 돌아올까 하는 생각을 한 건 이해하지만, 그런다고 해서 뭐가 바뀌는 건 아니야."

이런 사건의 공통점은 남겨진 사람이 마음 약해서 사망신고도, 이혼도 안 하고 그냥 기다리는 것이다.

그러니 서류상 멀쩡하게 존재하는 사람이고, 당연히 그에 관련된 모든 재산에 대한 소유권을 주장할 수 있게 되는 것이다.

"그러면 어떻게 해야 합니까?"

"일단은 그 여자부터 찾아야지요. 그 여자가 수십 년 동안 혼자 숨어 지내지는 않았을 테니."

그리고 여자를 찾아내는 그 순간부터, 노형진은 그 여자에게 인생에서 악몽이 뭔지 느끼게 해 줄 생각이었다.

"그러면 일단 사망신고를 하는 게 우선인가요?

손채림의 말에 노형진은 고개를 끄덕거렸다.

일반적으로 실종 신고 후 5년이면 사망신고를 할 수 있다.

그러나 사망신고는 자동으로 되는 게 아니라 당사자가 와서 해야 한다.

'그러나 혹시나 돌아올까 하는 마음에 안 하는 게 문제지.'

그러면 기록상 부모가 살아 있는 것으로 나오기 때문에 돈을 받아 갈 수 있다.

"이미 돈을 받아 갔잖아? 그런데 무슨 의미가 있어?"

사망신고를 하자는 말에 손채림은 고개를 갸웃했다.

돈은 이미 가지고 갔다. 이제 와서 사망신고를 한다고 해서 그 돈을 돌려받을 수 있는 것은 아니다.

"아, 그건 말이야, 이런 거지. 사망신고를 하는 순간 그 사람은 죽은 사람이 되는 거거든."

"응?"

"그러면 경찰에 이렇게 말할 수 있어. 실종된 지 15년이 넘은 사람인데 갑자기 본인이라며 나타나서 무려 수억 원의 돈을 가지고 갔다. 그리고 사망신고서를 제출하면서 수사를 요구할 수 있지. 그렇게 되면 당연히 그 돈이 들어 있는 계좌가 봉쇄될 거야. 뭐, 그 돈을 가지고 도망갔는지 어쨌는지는 모르겠지만, 최소한 모조리 인출해서 들고 갈 수는 없잖아?"

15년 만에 나타난 여자가 피해자 아버지 앞에 모습을 드러낸 게 아니다. 회사 측에 나타나서 돈을 요구한 것이다.

그리고 회사 측은 신분증을 확인한 후에 줬다.

즉, 신분증을 제외한 본인 확인 과정은 없었으니 이쪽에서 사칭이라고 주장하는 데 하등 문제가 없다.

정작 그 얼굴을 아는 당사자는 만난 적이 없으니까.

"아!"

"그리고 사망자의 모든 사회적인 기록이 정지된다고. 당연히 그 사망자는 사회적 활동을 하기 위해서는 본인이 살아 있다는 증명을 해야 해."

그리고 그 과정에서 자신이 누군지, 어디서 살았는지 모두 증명해야 한다. 또한 현재 살고 있는 장소를 정확하게 기재해야 한다.

"그렇게 해서 드러나게 만들겠다?"

"일단 돈을 못 쓰게 하는 게 중요하니까. 돈 생겼다고 미친 듯이 긁고 다닐 수도 있거든."

"그렇지."

"자, 그러면 죽은 자를 만나러 가 볼까?"

노형진은 서류를 흔들면서 씩 웃었다.

죽은 자는 살아 있다?

실종 신고를 한 지는 오래되었으니 사망 처리하는 것은 어려운 게 아니었다.

노형진은 그걸 바탕으로 경찰서에 바로 신고했다.

"사망한 거 맞아요?"

"그러니까 저희가 신고한 거 아닙니까? 실종된 지 벌써 15년 된 여자입니다. 그런데 난데없이 나타나서 보상금을 받아 간다? 그건 말도 안 되죠."

"흠, 하지만 가족 관계 증명서도 제출했고…… 본인 신분증 사본도 제출했는데요?"

"무려 3억 5천입니다. 그거 위조하는 데 얼마나 들 것 같습니까?"

"하긴······."

경찰들도 현실을 알고 있다.

요즘은 고삐리도 위조 신분증을 들고 다니는 시대다.

인터넷에서 20만 원만 주면 위조 주민등록증을 만들어 주며, 가족 관계 증명서는 40만 원이면 된다.

"무려 3억 5천짜리 범죄입니다."

"일단 사건은 접수하겠습니다. 계좌 정지는 그쪽에서 하실 겁니까?"

"네. 안 그래도 이미 법원에 갔습니다."

사건에 대해 경찰에 신고하고 그들이 계좌를 정지하러 가는 것은 바로 진행되는 게 아니다. 못해도 나흘은 걸린다.

'하지만 신고 기록을 가지고 가서 법원을 통해서 하는 건 하루면 되지.'

하루면 계좌가 정지될 테니 그 돈을 꺼내지는 못할 것이다.

"알겠습니다. 진술서는 제출해 주시고요."

경찰은 고개를 끄덕거렸다.

진짜 엄마라는 존재인지 아니면 서류를 위조해서 받아 간 건지 확실히 조사해 볼 가치가 있다고 판단했기 때문이다.

"그러면 수사 잘 부탁드립니다."

"그 돈, 빨리 찾기를 바라겠습니다."

인사를 마치고 그곳을 떠난 노형진.

그 뒤 그가 법원에 가서 민사를 넣고 그걸 이유로 가압류를 거는 데에는 채 하루가 걸리지 않았다.

"좋았어. 이제 계좌는 막혔어. 남은 돈은 3억 3천이라."

그 돈을 가지고 간 지 얼마 되지도 않았다. 그런데 통장에 남은 돈은 3억 3천.

그사이에 무려 2천이나 써 버린 것이다.

"이제 그 사람은 공식적으로 사망한 거니까 자신의 생존 사실을 알려야 주민등록번호가 부활할 거야."

"그런데 그게 어려운 일인가?"

"생각보다 쉬운 건 아니지."

사망신고가 들어왔는데 누구든 가서 나는 살아 있다고 신고하고 그 신분을 쓸 수 있다면 아마 대한민국은 명의 도용의 천국이 되었을 것이다.

"서류뿐만 아니라 여러 가지 증거가 필요한데, 그중 하나가 바로 그 사람을 보증해 줄 수 있는 다른 사람이지."

"누구?"

"가족 같은 사람들 말이야."

"하지만 남편이 사망신고를 했는데 누가 도와주겠어?"

"가족이 남편만 있는 게 아니잖아?"

"아!"

손예은은 바로 알아차렸다.

"친정 말이군요."

"네."

친정은 기본적으로 여자의 가족이다.

결혼이라는 것이 양측 집안의 결합이라고 하지만, 그래도 여전히 자기 가족이라는 개념을 가지고 있다.

"그리고 생각해 봐. 여자가 혼자 도망가서 남편의 도움도 없이 누구의 도움도 없이, 살 수 있다고 생각해?"

"그럴 리가."

"그렇지요. 한국에서 쉬운 일은 아니지요."

물론 학력이 높고 취업할 수 있는 길이 많은 곳이라면 그게 가능할지도 모른다.

하지만 그녀의 최종 학력은 고졸이다. 그 나이대에 그 학력으로는 할 수 있는 일에는 한계가 있다.

"더군다나 이사해서 분가한 것도 아니고, 자식이고 남편이고 그냥 모조리 버리고 나왔어. 그런데 어떻게 버텼겠어?"

"친정이군."

손채림의 말에 노형진은 고개를 끄덕거렸다.

"그래, 그들이 아니면 말이 안 돼."

"하지만 모른다고 주장했잖아?"

"그렇지. 모른다고 주장하지. 자기들도 연락이 안 된다고. 그런데 그걸 믿어?"

"흠…… 무리이기는 하지?"

손주가 예쁘다고 하지만 제1 순위는 자기 딸일 것이다.

"거기에다 이야기를 듣기로는 그 집에서 결혼을 반대했다고 했어. 남편 집이 잘 못산다고 말이야."

"흠……."

"그런 상황에서 딸이 도망쳐 나왔는데 왜 남편한테 아내가 있는 곳을 말해 주겠어?"

"자기 자식이 잘되는 것을 바라는 것이 부모 마음이니……."

문제는, 어떤 집안은 그게 불법적이고 사회적으로 지탄받아도 돈만 많이 벌면 된다고 생각한다는 것이다.

"여자는 증인으로 분명히 자기 친정 사람을 데리고 가겠지."

"그렇겠네. 남편을 데리고 갈 수는 없으니까."

"그렇지. 그리고 그게 우리한테 중요한 점이야."

이쪽에서는 정서범의 아내인 조현아가 어디에 있는지 알지 못한다.

주민등록번호를 살리는 건 그냥 지역 시청에만 가도 가능한데, 전국의 수많은 시청을 그들이 다 감시할 수는 없으니까.

"하지만 조현아의 증인이 되어 줄 수 있는 사람은 한정되어 있지."

전혀 관련 없는 사람이 친구랍시고 가서 증인이 되어 준다면 그건 인정이 안 된다.

사기꾼이 넘치는데 증인이라고 못 사겠는가?

"하지만 가족이라면 이야기가 달라지니까."

"결국은 말소된 주민등록번호를 살리러 갈 때 분명 친정이 움직일 거라는 거군요."

"네."

손예은은 노형진의 말에 감탄을 했다.

자신은 그냥 말소하는 정도만 생각했지, 그걸 부활시키는 것까지는 생각하지 못했을 것이라면서 말이다.

"자, 그러면 친정으로 사람을 보냅시다. 아마 조만간 움직일 겁니다."

그럴 수밖에 없다.

통장에 들어 있는 3억 3천이 문제가 아니라, 그 주민등록번호로 만들어진 모든 계좌와 카드도 막혀 버리니까.

살기 위해서는 어쩔 수 없이 그걸 열 수밖에 없다.

"기다리면 분명히 움직입니다."

노형진은 그렇게 확신했다.

⚖️

얼마 뒤 노형진이 출근해서 막 업무 준비를 하는 와중에 다급하게 걸려 온 한 통의 전화.

─노 변호사님?

"유소미 양? 이 시간에 어쩐 일이에요?"

─조현아 씨 가족들 있잖아요? 그들이 움직여요.

"네?"

노형진은 정신이 번쩍 들었다.

이것이 법이다

"그 말이 사실입니까?"

-네. 이번에는 제법 장거리로 이동하는 것 같아요.

그동안 혼자서 잠깐 나가거나 하는 경우는 있었다. 하지만 어머니와 아버지 그리고 남동생까지 한꺼번에 같이 움직이는 경우는 처음이었다.

'그렇지. 그럴 줄 알았어.'

자신들이 감시하는 걸 알면 따로따로 움직이려고 하겠지만 그걸 모르니 일하기 편하게 한꺼번에 움직이려고 하는 게 당연했다.

"그런데 장거리인 건 어떻게 아시는 겁니까?"

-옷차림이 좀 멀리 가는 복장이에요.

"그래요?"

-네.

만일 근처에 가는 거라면 간단하게 입고 나갈 것이다.

하지만 오늘은 제대로 옷을 입고 그 위에 파카까지 걸쳤다. 그리고 물통까지 들고 차를 타고 방금 출발했다는 것이다.

'어딘가 시골에 있나 보군.'

근처였다면 분명히 간단하게 움직였을 것이다. 하지만 이렇게까지 움직인다는 건 어디 다른 곳에 숨어 있다는 소리다.

하긴, 자기 딴에는 숨는 게 정상이라고 생각했을지도.

"추적은요?"

-현재 추적 중이에요. 차량에 발신기를 붙여 놨으니 놓칠

염려는 없어요. 그런데 방향으로 보아하니 아무래도 부산 방향인 것 같은데요?

"부산요?"

―네, 경부고속도로 탔습니다.

"조심해서 따라가요. 우리도 바로 출발하겠습니다."

―네.

노형진은 전화를 끊고 바로 손예은 변호사의 방으로 향했다.

"손 변호사! 드디어 움직였습니다!"

"드디어라니요?"

"조현아 말입니다."

그녀의 얼굴이 딱딱해졌다.

진짜로 움직인 것이다.

"다른 이유가 있는 게 아니고요?"

"세 사람이 동시에 휴가를 내고 함께 움직일 이유가, 그것도 평일 아침에 뭐가 있을까요?"

"음……"

맞는 말이다.

그 집안은 어머니도, 아버지도, 동생도 모두 일을 하고 있다. 그러니 평일에 시간을 내는 것은 힘든 일이다.

더군다나 아침에 말이다.

"확실히 그렇군요. 그러지 않으면 방법이 없으니까요."

공무원은 정확하게 근무한다. 사정을 봐 가면서 주말에 일을 해 주지는 않는다.

물론 업무 자체가 많아서 주말에 출근하는 경우도 있지만 그건 어디까지나 일반적인 서류 업무 수준이고, 사람을 대하는 것은 평일 아침 9시부터 저녁 6시까지만이다.

"부산 쪽으로 갔다고 하니 우리도 따라갑시다."

"네."

드디어 잡을 시점이 온 것이다.

⚖

"저기 가는군요."

그들은 정확하게 대구에서 내렸다. 그리고 시청에 가서 업무를 보기 시작했다.

그리고 그들과 함께 있는 여자. 실물을 본 건 처음이었지만 얼굴은 눈에 익었다.

"확실히 눈에 익군요."

"나이가 먹었지만요."

정서범이 줬던 사진 속의 조현아는 상당히 젊었지만 지금 보이는 여자는 나이가 좀 있어 보였다.

하지만 그렇다고 해도 확실히 조현아인 것을 알아보는 데에는 아무런 지장도 없었다.

"잡았다."

노형진은 이를 빠드득 갈았다.

"하하하."

"호호호."

손녀가 죽어 가고 있는데 뭐가 그렇게 좋은지 하하 호호 웃고 있는 사람들.

"저런 개 같은……."

"진정해. 어차피 자식으로 인정도 안 했다잖아."

조현아가 집을 나간 후 그 친정에서는 정서범의 집과 연을 끊어 버렸다.

그러니 자식으로 보지도 않는다는 뜻이다.

"어떻게 아신 거예요?"

"뭘요?"

"서로 왕래하고 있다는 것요. 단순히 주민등록증을 살리려고 만났을 수도 있잖아요?"

"간단합니다. 연을 끊었으니까요."

"네?"

"단순 가출이 아니고 진짜 실종이라고 생각해 보세요. 그러면 그 쌍둥이가 세상에 남은 마지막 끈입니다. 그런데 연을 끊었지요. 그건 부모들의 일반적인 상식으로는 이해가 안 가는 일이죠."

"아……."

내리사랑이라고 했다.

자식과 이어 주는 마지막 끈인데 그걸 버리는 할아버지, 할머니는 없다.

"그렇다는 건……."

"네, 그 자식이 어딘가에 살아 있다는 걸 알려 주는 끈이 또 있다는 뜻이지요."

노형진은 뱀처럼 차가운 눈빛으로, 웃으면서 그곳에서 나오는 사람들을 바라보았다.

"주민등록번호를 살렸으니 아마 계좌를 살릴 수 있을 거라고 생각할 겁니다. 하지만……."

노형진은 힐끔 시계를 봤다.

그리고 잠시 후, 한 대의 경찰차가 시청으로 들어오는 게 보였다.

"도착했군요."

노형진은 씩 웃으면서 경찰차로 다가갔다. 그리고 손을 흔들었다.

"신고하신 분이죠?"

"네."

"여기에 수사 중인 사람이 나타났다고요?"

"네, 그렇습니다."

"어디에 있나요?"

노형진은 입구에서 막 나오는 가족들을 가리켰다.

그러자 경찰차가 다가오자 무슨 일인가 하고 바라보던 그들은 순간 움찔했다. 노형진이 자신을 가리키고 있다는 사실을 알아챈 것이다.

"뭡니까?"

노형진과 경찰이 다가오자 퉁명스럽게 말하는 조현아의 동생.

"혹시 나라은행 ○○○○○○-○○-○○○○○ 계좌 쓰시는 분 맞나요?"

"그런데요?"

"잠시 경찰서까지 가 주셔야겠습니다."

"네? 뭐라고요? 그게 무슨 말이죠?"

"신분 사칭 신고가 들어왔습니다."

"그게 무슨 말이에요, 신분 사칭이라니!"

"실종 사망자로 추정되는 사람의 신분을 쓰시더군요. 같이 갑시다."

"뭐야? 당신 뭔데!"

"경찰이면 다야! 경찰이면 다냐고!"

버럭버럭 화를 내는 가족들.

그러자 그들의 말에 경찰은 당황했다.

확실히 경찰이라고 해도 임의동행은 할 수 있어도 무작정 체포할 수는 없다. 현행범이라면 잡을 수 있겠지만 이건 현행범도 아니다.

"아, 그냥 체포하셔도 될 것 같은데요."

"뭐라고요?"

그런 실랑이를 하는 경찰과 조현아의 가족 사이에 끼어드는 노형진.

"당장 죽은 사람 신분증을 무단으로 사용하고 있는데, 현행범이죠."

"죽은 사람?"

"네."

"무슨 개소리야!"

"15년 전 실종된 사람의 신분증을 가지고 살아오신 것 같은데 말이죠."

"그게 무슨……."

"안 그런가요?"

경찰은 눈썹을 치켜세웠다.

"잠깐 신분증 좀 봅시다."

"뭐?"

"신분증 좀 보자고요."

"거참, 별 거지 같은 새끼들이."

피식 비웃으면서 신분증을 꺼낸 조현아는 그걸 경찰에 건넸다. 그러자 경찰은 그걸 즉석해서 조회했다.

'멍청하긴.'

노형진은 그런 그녀를 보면서 피식하고 웃었다.

그녀가 왜 저러는지 안다. 자신의 신분증을 방금 살렸으니 문제가 없을 거라 생각한 것이다.

그러나 그건 그녀가 현실을 너무 몰라서 하는 오산이었다.

'잘도 처리되었겠다. 우리나라 공무원이 왜 욕먹는지 이해를 못 하는구먼.'

접수했다고 해서 신분증이 바로 살아나는 게 아니다.

고작 접수만 하는 직원들이 신분증 부활 같은 복잡한 일을 결정할 수는 없다.

결국 이건 상부의 허가를 받아야 하는데, 접수한 지 잘해봐야 20분밖에 안 지난 상황이니 허가가 나기는커녕 그 사람은 자리에서 일어나지도 않았을 것이다.

더군다나 신분증이 살아났다고 해도 그걸 경찰 기록과 비교하는 것은 전혀 다른 일이다.

전산상에서 바로 살아났다고 해도 경찰 기록에는 전혀 다르게 나온다.

"어? 사망자인데?"

"뭐?"

"이 사람, 사망자인데?"

"잠깐! 내가 왜 죽었어? 난 살아 있다고!"

깜짝 놀라서 외치는 조현아.

하지만 그녀가 아무리 외쳐도 전산상에는 사망자로 되어 있었고, 그 신분증을 가지고 있는 사람은 다름 아닌 조현아였다.

"이거 위조 신분증 아니야?"

의심스러운 눈빛으로 바라보는 경찰들.

그러고 보니 사진 속에 있는 사람과 좀 달라 보이기도 했다.

"무슨 소리야! 내 딸이 죽었다니!"

"이 사건, 사망자의 신분증을 도용해서 돈을 갈취한 사건입니다. 조사 중이죠."

노형진이 옆에서 살짝 찔렀다.

당연히 경찰로서는 그 부분만으로도 충분히 의심스러워질 수밖에 없었다.

"같이 가 주시죠."

"뭐야! 안 가! 내가 왜 가! 못 가!"

"현행범으로 체포하겠습니다."

"무슨 소리야! 현행범이라니!"

"사망자의 신분증을 들고 사칭하고 다니고 있잖아요."

"사칭 아니라니까! 가족이 여기에 있잖아!"

"그것도 사칭인지 어떻게 압니까? 당신 신분증도 위조한 것 같은데 다른 사람 신분증이라고 위조하지 말라는 법도 없고."

가족이라는 말에 살짝 당황하는 경찰들을 보고 노형진은 슬쩍 추임새를 넣었다.

그러자 그게 맞다고 생각한 건지 경찰들이 단호하게 나왔다.

"함께 가 주시죠. 아니면 여기서 강제로 체포할까요?"

"크윽."

"긴급체포는 스물네 시간 동안 구금이 가능합니다. 그러니까 그냥 가시는 게 좋을 텐데요."

"넌 뭐야, 이 새끼야!"

"아, 지나가던 정의로운 변호사."

"변호사?"

"네, 정의로운 변호사."

노형진은 히죽 웃었다.

그러나 다른 사람들은 그게 무슨 뜻인지 알 수가 없었다. 아니, 알 기회가 없었다.

"연행해!"

"잠깐……."

"무슨 짓이야!"

그들은 저항하려고 했지만 주변에 가득한 사람들 때문에 경찰에 저항도 하지 못하고 그냥 끌려갈 수밖에 없었다.

"배우들은 다 모았네."

노형진은 잡혀가는 그들을 보면서 피식 웃었다. 그리고 차가운 눈빛으로 말했다.

"이제 쇼를 할 차례군."

⚖

"진짜 인간이 염치가 없어도 유분수지."

"네가 이럴 수 있어!"

스물네 시간이면 본인인지 아닌지 알아낼 수 있는 충분한 시간이다. 그러니 조현아와 그 가족이 풀려나는 것은 막을 수가 없다.

하지만 또한, 그 시간이면 충분히 정서범을 불러올 수 있는 시간이다.

"이런 미친……."

손채림은 정서범이 온 후에 벌어진 사태에 어이가 없어서 말을 못 했다.

그럴 수밖에 없는 게, 잘못한 것은 정서범이 아니라 조현아인데 도리어 그쪽 집안이 정서범을 천하의 개쌍놈으로 취급하고 있었던 것이다.

"아니, 잘 살고 있는 내 딸을 데려다가 고생시킨 것도 모자라 죽은 사람을 만들어?"

"어머니, 그런 게 아니라요."

"아니긴 뭐가 아니야!"

"진짜 그러는 거 아니야. 자식새끼 낳아 준 사람한테 돈이 그렇게 아까워?"

"여보, 그게 아니야! 그 돈이 없으면 애가 죽어! 수진이가 죽는다고!"

"그렇게 무능하니까 현아가 자네를 떠난 거 아닌가! 그런 데 그 잘못을 깨닫지도 못하고 병신같이 이제 와서 돈 돈 그러나? 자네 그렇게 돈독이 올랐던 사람이야?"

조현아의 가족은 정서범을 마구 공격했고, 정서범은 어쩔 줄 몰라 했다.

"뭐야? 왜 일이 이렇게 되는 거야?"

"하아, 뻔하지, 뭐."

상황을 이해하지 못한 손채림에게 노형진은 고개를 절레절레 흔들면서 말했다.

"우리 의뢰인은 마음이 너무 약해. 그리고 그 버릇을 아직도 못 고쳤고."

사실상 적이고, 이제는 둘 중 하나가 죽을 때까지 싸워야 한다. 그런데 정서범은 그러지 못한 채 질질 끌려가고 있었다.

"그러면 어떻게 해?"

"둘 중 하나지. 우리가 손 떼고 딸 죽이든가, 아니면 정서범 씨가 정신을 차리든가."

"뭐라고? 무슨 소리야?"

"말 그대로야. 이럴 때는 좀 극단적인 방법을 쓰는 수밖에 없겠군."

노형진은 얼굴을 찌푸렸다.

간혹 의뢰인 중에서 이런 사람들이 있다.

자신들이 피해자이면서 정작 마음이 약해서 가해자들에게 끌려가는 사람들.

그들은 아무리 억울해한다고 해도 도와줄 수가 없다.

결정적인 순간에 상대방에게 휘둘리는데 무슨 의미가 있

단 말인가?

'아니, 휘둘리는 정도가 아니지.'

상대방이 거짓 눈물이라도 흘리면 바로 용서해 주는 건 기본이고, 도리어 그들의 술수에 속아서 자신이 가해자가 되는 서류에 사인하는 사람들도 있다.

즉, 그들의 행동은 결코 끝나지 않는다는 것이다.

"결국은, 죽일 놈은 죽여야지."

노형진은 이를 악물었다.

이대로 두면 절대로 정서범은 저들을 이기지 못한다.

"개 같은 자식."

정서범에게 욕설을 하고 떠나 버린 가족들.

그리고 혼이 나간 듯한 얼굴로 멍하니 서 있는 정서범.

노형진은 그런 그에게 다가갔다.

"정서범 씨."

"네?"

"저희는 이번 사건에서 손 떼겠습니다."

손채림도, 손예은도 깜짝 놀랐다. 그건 전혀 생각하지 못한 말이었기 때문이다.

"그게 무슨 말씀이십니까? 손을 떼다니요!"

"그리고 귀댁에 대해 제가 대신 내드린 병원비도 청구하도록 하지요. 바로 압류 들어갈 테니 그렇게 알고 계십시오."

"자…… 잠깐만요, 변호사님! 그게 무슨 말씀이십니까!"

돈이 없으면 자신의 딸은 죽는다. 그런데 노형진이 손을 떼면 자신은 돈을 받을 방법이 없다.

더군다나 노형진이 그나마 남은 재산에 대해 압류까지 걸어 버리면 자신의 딸은 그냥 산소호흡기 떼고 죽는 수밖에 없다.

"사건이라는 건 말입니다, 당사자가 이길 생각을 하고 악착같이 싸워야 합니다. 그런데 본인은 싸울 생각이 없잖습니까?"

"왜 없습니까! 싸울 겁니다! 싸울 거라고요!"

"그러면 지금 보여 주신 모습은 뭡니까?"

"그, 그게…… 그래도 애 엄마인데…….."

"애 엄마가 아니라 살인마겠지요. 지금 당신은 살아남은 수진이의 사망진단서에 사인하신 겁니다. 저희는 못 도와드리니까, 재주껏 알아서 하세요."

"변호사님!"

"노 변호사님!"

"형진아!"

다들 깜짝 놀라서 노형진을 말렸다.

'설마.'라고 하기에는, 노형진은 절대로 섣불리 말을 꺼내는 사람이 아니다.

물론 진짜로 사람이 죽을 수도 있다. 하지만 그것조차 감수하는 사람이 노형진이다.

실제로도 사건을 하다 보면 핀치에 몰린 사람이 용서 안

해 주면 자살한다고 하기도 한다.

그럴 때마다 노형진이 하는 말이, 자살할 거면 조용한 곳에 가서 하라는 것이다. 죽든 말든 상관 안 하겠다는 태도다.

그리고 실제로 그렇게 자살한 사람이 나타났을 때 노형진은 후회하거나 양심의 가책을 받는 게 아니라 '아, 그럼 돈은 어디서 받지? 이번에 초등학교에 들어가는 아들을 털어야 하나?' 같은 소리를 아무렇지도 않게 했다.

"노 변호사님, 사람 목숨이 달려 있습니다."

"그걸 구할 사람은 생각이 없는데 우리가 왜 싸우나요? 누차 말하지만 변호인은 대리인입니다. 당사자가 아니에요. 그런데 당사자에게 싸울 생각이 전혀 없는데 우리가 왜 나섭니까? 우리는 자선사업가가 아니에요. 나도 그렇고요. 저쪽에서 싸우려고 하지도 않는데 우리가 뭐 하러 의미 없는 싸움을 합니까? 불쌍하다고 우리가 다 돈 내줄 수 있는 건 아니잖습니까?"

아무렇지도 않게 정서범의 가슴에 비수를 꽂는 노형진.

"그러니까 손 변호사님도 손 떼세요. 이 사건, 우리 로펌에서 정식으로 수임 거부할 테니까 만일 이 사건을 맡고 싶으시다면 로펌에서 나가서 하시면 됩니다."

"에?"

심지어 아예 사건을 거부한다는 말에 손채림은 깜짝 놀랐다.

새론에서는 사건을 수임하는 부분에 대해서는 뭐라고 하

지 않는다.

　개인적으로 받은 사건도 정해진 수수료만 내면 알아서 하
라고 한다.

　하지만 아무리 그래도 거부된 사건을 변호사가 할 수는 없다.

　"그럼 이만 가지요."

　"변호사님, 잠시만요."

　다급하게 매달리는 정서범.

　"잘못했습니다! 제가 잘못했습니다!"

　"뭘 잘못하시는지나 아십니까?"

　"그게……."

　"모르시는군요."

　"압니다! 알아요……! 하지만…… 저도 화가 나고 속이 터
집니다. 그런데……."

　'그렇지. 사람이 쉽게 바뀌는 게 아니지.'

　착하게 살아온 사람이 악독하게 바뀌는 것은 쉬운 일이 아
니다. 하물며 가족이었던 사람에게 말이다.

　'미래를 위해서라도 이 사람은 독해져야 해.'

　쌍둥이 언니가 죽었는데 수진이가 깨어난다고 한들 멀쩡
할 리 없다. 그 아이를 지켜 주기 위해서라도 이 사람은 독해
져야 한다.

　'안 봐도 뻔하니까.'

　마음 약한 아버지. 집을 나간 어머니 그리고 가난한 집.

그런 곳에서 그 아이들이 버틸 수 있었던 것은 쌍둥이 자매 때문이었을 것이다.

그런데 그중 한 명이 죽었다. 무너지지 않으면 그게 이상한 거다. 그걸 받쳐 주기 위해서는 다른 누군가가 강해져야한다.

'안 된다면……'

진짜로 방법은 없다.

"제발, 부탁드립니다. 제대로 하겠습니다. 시키는 대로 하겠습니다. 제발…… 제 딸아이를 살려 주십시오."

아예 무릎을 꿇고 눈물을 흘리면서 양손으로 싹싹 비는 정서범의 모습에 노형진은 한숨이 다 나왔다.

'아니, 자기가 피해자도 아니고. 돌아 버리겠네.'

웅성거리면서 모여드는 사람들.

하지만 그런 사람들의 시선은 신경도 쓰지 않고 노형진에게 매달리는 정서범.

"좋습니다. 단, 조건이 있습니다."

"무슨 조건이든 좋습니다. 제발 딸아이만 살려 주세요, 흑흑."

"합의 권한과 소 취하 권한을 포기하세요."

"네?"

"당신은 도무지 못 믿겠습니다. 합의 권한과 소 취하 권한을 포기하세요. 안 그러면 이 사건은 저희가 하지 않을 겁니다."

"아…… 알겠습니다."

다급하게 고개를 끄덕거리는 정서범.

잠시 후 그는 간단하게 작성된 서류에 도장을 찍었다.

"그럼 이 사건은 우리가 알아서 합니다. 당신은 신경 끄고 있다가 굿이나 보고 떡이나 먹어요."

"네…… 제발 부탁드립니다."

고개를 몇 번이나 숙이면서 사과하는 정서범.

그리고 그가 떠나고 나자 노형진은 한숨을 쉬었다.

"이거 완전 골 때리는구먼."

"아니, 왜 그런 거야?"

"저런 타입은 진짜 도망갈 구석이 없을 때까지 밀어붙이지 않으면 계속 도망 다녀. 아까도 봐서 알잖아."

"그거야 그렇지만……."

손채림은 아까 모습을 떠올리며 안타까운 듯 입맛을 다셨다.

확실히 자신이 피해자인데 도리어 가해자들에게 굽실거리는 그 모습. 아마도 읍소해서 돈을 받아 내서 병원비로 쓰고 싶어서 온 것이리라.

"하지만 줄 리 없지."

보자마자 다짜고짜 소새끼니 개새끼니 하는 녀석들이 과연 돈을 줄까? 그럴 리 없다.

"하지만 거기에 무슨 의미가 있지요?"

"뭐가 말입니까?"

"아까 받은 각서 말입니다. 합의 권한과 소 취하 권한을 포기한다니, 그건 포기할 수 있는 게 아니잖습니까?"

법적으로 합의 권한과 소 취하 권한은 피해자인 정서범에게 전속되어 있다. 각서든 계약서든 뭘 쓰든, 그건 법적으로 인정받을 수 없다.

"압니다. 하지만 정서범 씨는 그걸 모르지요."

"네? 아!"

"아마도 우리가 공격을 시작하면 상대방은 정서범 씨를 직접 공격하려고 할 겁니다. 그들은 정서범 씨의 성격을 아니까요."

그들은 정서범이 마음이 약하다는 것을 알고 있다.

물론 다른 곳으로 대피하면 좋겠지만 당장 자신의 아이가 죽을지 살지 모르는 상황에서 그곳을 떠나려고 하는 사람은 없을 것이다.

"우리가 스물네 시간 같이 있을 수는 없으니."

손채림도 노형진이 왜 그런지 알아차렸다.

자신들이 없는 사이에 정서범을 압박한다면, 어쩌면 정서범은 그들에게 합의해 줄지도 모른다.

'한 5천쯤 준다고 하면 덥석 합의해 줄지도 모르지.'

다급한 마음에 실제로 그럴 가능성도 있다.

그리고 그렇게 되면 자신들이 아무리 노력해도 그 이후는 어쩔 수가 없다.

"하지만 우리한테 권한이 있다고 생각하면……."

일단 정서범 씨는 마음대로 합의해 주지 않을 것이다.

설사 찾아온다고 하면 자신들에게 연락할 테고 말이다.

"마음 약한 의뢰인을 두는 건 참 골치 아픈 일이군요."

손예은은 짜증스럽다는 듯 중얼거렸다.

"골치 아픈 일이지요. 하지만 그렇기 때문에 우리 같은 변호사가 있는 거 아니겠습니까?"

중요한 것은 조현아를 찾았으니 이제는 그녀의 영혼을 털어 낼 것이라는 사실이다.

"아마도 죽고 싶어지게 만들어야지요."

노형진의 그 말은 절대 농담이 아니었다.

⚖

"절반을 가지고 오는 것은 어려운 일이 아닙니다. 하지만 나머지 절반이 문제입니다."

총배상액은 3억 5천. 그중 1억 7,500만 원은 가지고 올 수 있다. 어머니에게 권한이 있듯, 아버지에게도 권한이 있으니까.

"아마 조현아는 계좌가 동결된 것이 주민등록번호가 말소되어서 그런 거라 생각하는 모양이지만요."

그러나 해당 계좌는 그 돈을 청구하기 위해 가압류한 상태다. 그러니 조만간 그걸 알아차리고는 어떻게 해서든 그걸 풀려고 할 것이다.

'절대로 그렇게 하면 안 돼.'

한번 묶여 봤으니 바보가 아닌 이상에야 풀리는 순간 그걸 다 꺼내서 현금으로 어딘가에 감춰 두려고 할 것이다.

"그러면 나머지는 어떻게 하려고?"

"일단은 양육비지."

"양육비?"

"그래. 그녀는 아이들을 버리고 도망갔어. 그 증거는 넘치다 못해 쌓여 있지. 그걸 가지고 양육비를 청구할 거야."

"흠······."

"그게 가능할까요?"

손채림은 고개를 갸웃했다.

이미 아이는 죽었다. 병원비는 원칙적으로 그 여자의 책임이 아니니 그걸 청구할 수는 없다.

"가능합니다. 사람들은 잘 모르지만요."

"네?"

"원래 양육비는 미래에 대한 재산을 분할하자는 게 아닙니다. 잘 알려지지 않은 판례이지만요."

일반적으로 사람들은 양육비라고 하면 키우는 데 들어가는 돈을 청구하는 줄 안다.

그러나 법적으로 그리고 판례적 해석에 따르면 사후 청구, 그러니까 아이가 성장하고 나서 한꺼번에 청구하는 것도 인정된다.

"그런 판례가 있었나요?"

"네."

노형진이 모든 판례를 기억하는 것은 아니지만 그런 판례가 있다는 것을 알고는 있다.

"그런 건 몰랐네요."

"그래서 많은 사람들이 받는 걸 포기하는 겁니다."

변호사들도 그렇게 생각하고 아이가 다 큰 다음에는 포기하라고 하는데 일반인들의 생각이야 어떻겠는가?

"하지만 사후에 받아 낼 수도 있습니다."

"사후라……."

"일반적으로는 아이가 성인이 되거나 대학을 졸업하고 난 뒤를 이야기하지만, 이 경우는 아이가 사망한 시점을 이야기하지."

씁쓸하지만, 이기기 위해서는 죽은 아이를 이용하는 수밖에 없다.

"그래도 잘해 봐야 1억 정도일 텐데요?"

"그 후에는 손해배상을 요구해야지요."

"손해배상?"

"부모에게는 아이를 보살필 관리 책임이 있습니다. 그리고 조현아는 그걸 버리고 도망갔지요."

"아이의 이름을 대신해서 소송하겠다?"

"네. 법적으로도 그리고 상황적으로도 아이의 대리인은

정서범 씨니까요. 그리고 양육비 문제도 1억이 아니라 2억입니다. 뭐, 좀 깎이겠지만, 최소한 1억 5천은 나오겠지요."

"그런가요?"

"아이가 한 명이 아니라 두 명이었으니까요."

"흠……."

독하게 마음먹고 소송하면 방법이 없는 건 아니다.

다만 이런 식으로 당하는 대부분의 사람들은 남편이든 아내든 도망간 가족이 돌아올까 봐 차마 이혼을 못 할 만큼 마음이 약한 유형이기 때문에 이런 방법을 쓰지 못할 것이다.

'그리고 대부분 이런 사람들은 인신공격에 약하지.'

이런 소송이 들어가면 상대방이 공격하는 방법은 비슷하다.

상대방이 마음이 약한 것을 이용해서 돈독이 올랐다느니 자기 자식 팔아먹어서 돈 벌려고 한다느니 하는 말로 공격한다.

'정작 버린 자식으로 돈 벌려고 하는 건 자기들이면서 말이지.'

문제는 그런 짓을 하는 놈들은 독해서, 그런 모욕에 꿈쩍도 하지 않는다는 것.

"그 정도면 배상금을 충분히 환수하겠네."

"내 목적은 배상금이 아니야. 애초에 배상금만 목적이었으면 내가 안 나섰어."

"응?"

"그냥 손 변호사님에게 말하고 말았지."

"그러네요."

손예은도 바보는 아니다.

경험이 부족하고 넓게 보는 능력이 부족할 뿐, 정확한 방법만 알면 어렵지 않게 대처할 수 있다.

노형진에게 그동안 배운 것도 있는 데다 이번 사건은 워낙 확실하게 양육비 청구 조건이 완비되어 있기 때문이다.

"문제는 그 이상이야."

"그 이상이라…… 복수?"

"그래."

"하지만 복수할 대상이 누가 있다고?"

"처가라는 인간들 말이야. 이번 사건으로 알았겠지만, 그 집안은 조현아랑 계속 연락하고 있었어. 즉, 아이들을 버린 방조범인 셈이지. 아마 아이가 죽었다는 것도 그 인간들이 이야기해 줬을걸."

"그렇겠네."

조현아가 아이들을 버리고 도망간 건 아이들이 두 살이 되던 시점이다. 그러니 그 아이들이 어떤 학교에 갔는지 알 리 없다.

방송에 피해자 이름이 나왔다고 해도 한국에서는 동명이인이 넘쳐 나니 확실하게 자기 자식이라고 말할 수도 없다.

"거기에다 이야기를 들어 보니 그래도 처가라고 꼬박꼬박 챙긴 모양이더군. 아내가 없어도 자식들에게 외가는 만들어 주고 싶었던 모양이야."

"끄응."

정작 그쪽에서는 연을 끊었는데 말이다.

"그러니까 그들에게 복수해야지. 조현아는 당연히 복수의 대상이고. 그리고 등장하지 않은 남자 한 명."

"남자 한 명?"

"이상하지 않아?"

"뭐가?"

"조현아가 집에 돌아오지 않은 것."

"응?"

"세상을 여자 혼자 사는 건 쉽지 않아. 더군다나 집에서 도망친 여자가 혼자 산다? 그건 말도 안 되지."

물론 그녀가 도망친 시점은 상당히 젊은 나이다. 그러니 뭐든 했을 수도 있다.

그러나 그건 어디까지나 과거.

"사회생활을 하다 보면 누군가는 만나게 되어 있어. 그리고 가난이 싫어서 도망친 조현아로서는, 혼자 벌어서 가난하게 사는 건 끔찍하게 싫겠지."

"누군가 다른 남자가 있다?"

"그래."

그럴 수밖에 없다.

"더군다나 조현아도 이혼 청구를 하지 않았어. 왜 그런 건

저 모르지만 일단은 그렇기 때문에 지금까지 기록상 부부이
자 어머니로 되어 있는 거지."

"그런데?"

"그러면 여기서 알 수 있는 게 하나 있지. 그 남자가 결혼
이야기를 하지 않았다는 것."

"응?"

"그날 조현아 모습 봤지? 쌍둥이 또래 엄마들에 비해 아직
젊은 나이라고는 하지만 너무 젊어 보였어. 상당히 관리받은
모습이었지. 그런데 아이들을 버리고 혼자 나온 엄마가 그렇
게 피부 관리를 받으면서 산다? 그렇게 여유가 넘칠 리 없지."

사건 당일, 조현아는 아직 30대의 모습을 하고 있었다. 30
대 초중반이라고 할까?

그러나 조현아의 나이는 이제 46세.

피부 관리실 같은 곳에서 따로 관리하지 않으면 그렇게 보
이는 것은 불가능에 가깝다.

더군다나 혼자 나와서 살면서 고생한 여자가?

그건 말도 안 된다. 선천적인 동안도 후천적인 고생은 못
이기는 법이다.

"누군가 있다?"

"그래. 아마도 유부남이겠지."

"유부남?"

"그래."

상대방이 유부남이 아니고서야 결혼하자고 하지 않을 이유가 없다.

"더군다나 돈을 노리는 조현아라면 상대방에게 결혼을 요구할 수도 있거든. 그런데 이혼 소리가 안 나왔다는 것은, 결과적으로 조현아가 결혼을 요구할 처지가 아니라는 뜻이야."

"그렇다면 상대방이 엄청난 부자라는 소리네?"

"그렇지."

조현아가 도망간 초창기라면 충분히 젊은 남자를 만나서 결혼할 수도 있었을 것이다. 그런데 그 이후부터 지금까지 이혼 이야기가 없다는 것은, 이혼을 청구할 이유가 없다는 것이다.

"아마도 세컨드쯤 되겠지. 그리고 그런 비양심적인 여자라면 그걸 그다지 창피해하지도 않을 테고."

"결국 복수하려면 그 남자에게도 공격을 가해야 한다는 거네."

"그래. 지난번처럼 말이야."

돈 욕심이 나서 그걸 다 훔쳐 가기는 했지만 만일 그런 남자가 뒤에 있다면 자신이 그 돈을 찾아온다고 해도 그다지 복수라고 할 수는 없다. 그 남자로부터 돈을 받으면 그만이니까.

"도대체 인간이 얼마나 타락할 수 있는 건지, 어이가 없군요."

노형진의 예상을 듣고 있던 손예은은 부르르 떨었다.

"상상 이상입니다. 인간의 부패와 타락은 인간의 상상을 뛰어넘죠."

"그런가요?"

"네, 실제로 그런 모습을 보고 내가 이러려고 변호사 했나 자괴감이 든다면서 때려치운 사람도 있습니다."

"끄응……."

"하긴."

손예은도 대충 알 것 같은 눈치다.

그나마 자기들은 사건이 넘쳐서 사건을 골라 받으니까 너무 반인륜적 범죄들은 안 받으면 된다. 그러나 그렇지 못한 곳들은 진짜 그런 사건들도 받을 수밖에 없다.

"뭘 하든 상상 이상, 그게 인간의 더러운 면이지. 솔직히 부자들 세컨드쯤은 뭐 별거 아닌 정도야."

"우웩."

손채림이 구역질 난다는 표정을 하자 노형진은 피식 웃었다.

"우웩이고 나발이고, 그 애들이 더럽다고 욕할 건 아니야. 우리는 우리 이득만 챙기면 되는 거야."

"그러면 일단 양육비를 청구할까?"

"그러자고. 그러면서 동시에 손해배상을 청구하자. 아, 그리고 당분간은 정서범 씨에게 사람을 붙여. 소장이 들어가는 순간 조현아 측은 분명히 어떻게 해서든 정서범 씨를 직접 공격하려고 할 테니까."

손채림은 고개를 끄덕거렸고 노형진은 주먹을 불끈 쥐었다.

"자, 이제 복수 시작이다."

이것이 적반하장

    소장을 넣는 것은 어려운 일이 아니다. 특히나 지금처럼 증거가 넘치는 경우에는 말이다.

    사실 이건 방법의 문제일 뿐이지 방법만 알면 이기는, 무척이나 쉬운 사건 중 하나다.

    상대방이 자녀를 버리고 도망간 것도, 그 와중에 양육비를 안 준 것도, 그로 인해 피해를 입은 것도 전부 사실이니까.

    좀 더 확실한 복수를 위해서는 증거를 더 모아야겠지만 돈 자체를 받아 내는 것은 어려운 일이 아니다.

    그리고 상대방도 그걸 모를 리 없다.

    "정서범 씨에게 직접 들이닥쳤답니다. 병원으로 왔다고 하더군요."

"역시나."

노형진의 예상대로 상대방은 이곳 변호사 사무실이 아니라 정서범에게 직접 공격을 가해 왔다.

"아마도 다른 곳에서 상담을 받아 보고 못 이긴다는 것을 확인해 봤겠지요."

그대로 있으면 애써 빼내 온 돈을 모조리 빼앗길 것 같은 상황이니 그들로서는 어떤 수라도 써야 한다.

"문제는 우리한테 해 봐야 의미가 없다는 거고."

자신들에게 항의해 봐야 자신들이 할 수 있는 것은 법원에서 보자는 말뿐이다.

자신들은 합의할 생각이 없으니까.

"5천만 원을 줄 테니 모두 취하하고 합의하자고 하더군요."

"지랄하네."

아니나 다를까, 딱 노형진이 예상하는 대로 굴러가고 있었다.

"그래서요? 어떻게 되었습니까?"

"정서범 씨가 흔들리기는 했는데, 다행히 직원이 끼어들어서 이야기를 막는 데 성공했답니다."

"그래요? 그 후에는?"

"일단 물러갔다는데……."

"이번만 그럴 겁니다. 그렇게 쉽게 포기할 녀석들이 아니라서요."

그렇게 쉽게 포기할 녀석들이라면 얼마나 좋겠는가?

이것이 법이다

하지만 그렇게 쉽게 포기할 녀석들이라면 애초에 일찌감치 합의하려고 했을 것이다.

"그런데 왜 5천일까요?"

"그 정도면 일단 치료비가 되니까요."

"네?"

"그들은 제가 대신 병원비를 내준 것을 모릅니다. 그러니 수진이 병원비가 잔뜩 쌓여 있다고 생각하겠지요."

"그러면……."

"네, 5천 정도면 병원비를 낼 수 있습니다. 그리고 그게 떨어질 때쯤이면 부상자에 대한 합의금도 나올 겁니다."

"자기 딸 목숨을 가지고 협상을 한단 말입니까?"

"그렇지요. 이거 먹고 떨어져서 병원비 내고 딸을 살릴 것이냐, 아니면 끝까지 싸우느라 병원비 못 내서 딸을 죽일 것이냐."

"이런 개 같은……."

손예은 변호사는 말을 하면서도 어이가 없다는 듯 그녀답지 않게 욕을 다 했다.

그만큼 황당한 사건이라는 뜻이다.

"저들이 저렇게 나오는 이유는 간단해. 자신들이 손해 볼 것이 없다고 보기 때문이야."

"그런가?"

"그래, 이기면 무려 3억 5천을 집어삼키는 거고, 못해도 최소한 1억은 집어삼킬 수 있겠지."

"흠……."

"그에 반해 정서범 씨의 성격상 뭘 하는 것은 어려우니까."

"그런가?"

"그래."

결국 마음 약한 정서범이 뒤로 물러나게 하려 들 것임은 알고 있었다.

"일단은…… 손을 잠깐 떼야지."

"손을 잠깐 뗀다고?"

"그래."

"아니, 왜?"

손채림은 고개를 갸웃했다.

만일 자신들이 정서범에게 손을 떼면 그들은 온갖 패악질을 다 하면서 정서범을 압박할 것이다. 그런데 손을 떼다니?

"그게 목적이야."

"그게 목적?"

"미안하지만 이번 사건에서 정서범은 피해자이기는 하지만 보호의 대상이 아니야."

손채림도, 손예은도 얼굴을 찌푸렸다.

그건 생각지도 못한 말이었기 때문이다.

"보호 대상이 아니다?"

"그래, 우리가 평생 보호해 줄 수는 없잖아? 결국은 스스로 독해져야 해. 그리고 그를 보호하면, 궁극적인 목적인 복수를 할 수 없게 돼."

"흠."

정서범의 성격을 봐서는 분명히 뒤로 도망가려고만 할 것이다. 그러니 저들은 그걸 알고 저리 기고만장한 것이고 말이다.

"의뢰인을 미끼로 던진다라…… 일반적으로 생각할 수 없는 방법이군요."

손예은은 불편한 듯 말했다.

어떻게 의뢰인을 미끼로 던질 생각을 하는지 이해하지 못하겠다는 시선.

"전 다르게 생각합니다."

"네?"

"엄밀하게 말하면 우리 의뢰인은 정수진이라고 봐야 합니다. 정서범은 대리인일 뿐이고요."

"네? 하지만……."

"네, 의뢰 자체를 한 건 정서범이죠. 하지만 끊임없이 도망가려고 하는 것도 정서범입니다. 이 상태에서 도망가면, 어찌어찌 정수진이 산다고 해도 결국 그 미래는 뻔합니다."

"흠……."

하긴, 자신을 지탱하던 가장 큰 기둥이 무너졌는데 아버지라는 인간마저 저런 꼴이면 누구를 믿겠는가?

"우리는 단순히 정서범의 이득만을 생각하는 게 아니라 정수진의 이득 역시 생각해야 합니다. 정서범이 좋다고 마냥 다 좋은 게 아니거든요."

"하긴……."

정서범이라면 푼돈을 받고 포기해 버릴 가능성이 크니까.

"그러니까 복수와 정서범 씨의 강화, 두 가지 모두를 위해 우리가 잠깐 손을 떼야 합니다. 정확하게는 그렇게 보여야 하지요."

복수는 단순히 민사적인 돈만 달린 게 아니었다.

"그러면 정서범 씨에게 말해야 하는 거 아냐?"

"글쎄, 그 성격에 과연 하라고 할까?"

"하긴……. 그렇지만 그걸 어떻게 막아?"

"막는 게 아니야. 관찰할 뿐이지."

"관찰?"

"나만 믿어."

노형진이 미소를 짓자 손채림은 어깨를 으쓱하고는 손을 뗄 수밖에 없었다.

⚖️

―죽을래? 응? 죽을래? 이 새끼가 돈독이 올라도 아주 단단하게 올랐네.

정서범을 마구 공격하는 조갑정.

그는 조현아의 동생이다. 그리고 돈독이 오른 그들 가족의
한 명이었다.


―이보게, 처남. 그런 게 아니라…….

―아니긴 뭐가 아니야, 이 개새끼야! 돈독이 올라서 아주 눈깔이 뒤
집혔지, 응? 우리가 만만하게 보여, 이 씨발 새끼야!

―컥!


다짜고짜 정서범을 발로 차는 조갑정.


―우리 누님이 불쌍하게 생각해서 5천에 합의하자고 하면 받아들
여야 할 거 아냐!

―그건 아닐세. 아무리 그래도…….

―씨발, 어차피 수진이 보상금은 따로 나올 거 아냐! 그건 네가 가
지면 그만이잖아, 이 씨발 새끼야!


멱살을 잡아 올리는 조갑정.

물론 나오긴 한다. 하지만 그 배상금은 확연하게 다르다.

일단 죽은 자와 산 자가 같을 수는 없으니까.

거기에다 이미 죽어서 돈이 들어갈 일이 없는 첫째와 다르
게 정수진은 치료비가 들어야 하며 또한 정신적 안정을 찾기

위해 정신과 치료도 계속 받아야 한다.

─처남, 우리 애를 위해서…….

─처남? 처남? 무슨 처남이야, 씨발! 우리 누나랑 이혼하기로 한
거 아냐? 지금 이혼소송 중인 거 아니었어?

─하지만…….

─하지만은 개뿔. 지랄하네. 아가리 닥쳐라. 가난한 네놈 면상을
보면 아구창 날려 버리고 싶으니까.

찍소리도 하지 못하고 주눅이 드는 정서범.

노형진은 그걸 카메라로 보면서 혀를 끌끌 찼다.

"이 정도면 아주 막나가자는 거네요."

"아니, 왜 저런 꼴을 당하면서도 그냥 있는 거죠?"

병원의 도움을 받아서 카메라를 다는 것은 어려운 일이 아
니었다.

그들이 정서범에게 압력을 가하고자 할 때 과연 사람이 많
은 곳에서 할까?

그럴 가능성은 낮다. 아니, 그럴 수가 없다.

하지만 사람이 없는 곳이라면 이야기가 달라진다.

'결국은 사람이 없는 곳이 문제라는 거지.'

문제는 정서범은 대부분의 시간을 집이나 병원, 노가다로
보내고 있다는 것이다.

요즘은 대부분 병원에서 보내고 있으니 당연히 그들은 병원으로 찾아왔고, 병원에서 카메라가 없는 사각이라고 하는 곳은 뻔한 공간이었다.

하지만 병원의 동의를 얻어서 그런 곳에 카메라를 설치하는 것은 일도 아니었다.

ㅡ어구구.

바닥을 나뒹구는 정서범.

ㅡ더러운 새끼. 그거나 먹고 떨어져.
ㅡ흑흑흑.

바닥에 쓰러진 채로 눈물을 흘리는 정서범의 얼굴에 침을 뱉고 나가 버리는 조갑정.

그 모습을 보던 노형진은 입맛을 다셨다. 아무리 계획했다고 하지만 미안한 감정은 어쩔 수 없었던 것이다.

"그래서 정서범 씨는?"

"티를 내지 않고 그냥 일하고 있습니다만······."

"쩝, 미안하기는 하군요."

"그러면 전처럼 경호원을 배치하시죠."

"당분간은 안 됩니다."

집에서, 학교에서, 그들이 정서범에게 압력을 가하는 장면이 찍히고 있었다. 증거로 삼기에는 충분하다.

그러나 진짜 목적은 그게 아니었다.

"전에도 말했다시피……."

"네, 정서범 씨에게 세상을 알려 주려고 하시는 거지요?"

"네."

세상은 절대로 친절하지 않다.

새론이 착한 기업인 것은 맞다. 하지만 그렇다고 해서 모두를 구제할 수는 없다.

"그러니 어떻게 해서든 저분이 강해지는 수밖에 없습니다."

"왜 그렇게까지 하시는 겁니까? 솔직히 이해 못 하겠습니다."

손예은은 안타까움으로 가득한 얼굴로 말했다.

사람을 부정적으로 만들기 위해 보호까지 포기하다니, 노형진답지 않은 일이었다.

"이런 보상금 문제가 마무리되고 나면 가장 먼저 그들에게 접근하는 사람이 누구인지 압니까?"

"네? 그런 사람이 있나요?"

"네."

"글쎄요. 누군지 잘 모르겠는데요."

"사기꾼입니다."

"사기꾼?"

"네."

사람들은 뭔가 끝난 후에는 그냥 그게 마무리된 거라 생각한다.

하지면 현실은 그렇지 않다. 하나가 끝나면 다른 사건이 다가오는 것이 인생이다.

'그리고 그런 꼴을 아주 숱하게 봤지.'

이런 사건이 터진 후에는 반드시 사기꾼이 등장한다. 그리고 돈을 노리고 마음이 약해진 피해자 가족들에게 다가간다.

"그 돈은 단순히 벌어서 채운 돈이 아닙니다. 자식 목숨과 바꾼 돈입니다. 그 돈의 가치는 다른 돈과 비교할 수도 없지요."

"그런데요?"

"그런데 그 돈을 사기당했다면 피해자는 어떻게 될까요?"

"아……."

실제로 노형진은 그런 사건을 몇 번 봤다.

사람들이 그 사건을 잊어버릴 때쯤, 피해자들의 부모에게 접근한 사기꾼들이 사기 쳐서 그 돈을 들고 도망간다.

그래서 자식 목숨과 바꾼 돈조차도 지키지 못했다는 사실에 피해자 부모들이 자살하는 경우가 적지 않았다.

"하지만 우리가 도와줄 수 있는 것은 돈을 찾는 순간까지만입니다."

"그 이후는 저분이 알아서 해야 하는군요."

"네."

그걸 막기 위해서는 정서범이 현실을 알아야 한다.

물론 말로 해 줄 수도 있다. 하지만 말로 배운 사회와 몸으로 배운 사회는 전혀 다르다.

"안타깝군요."

"일절 보호하지 마세요."

"하지만 그러다가 자살하면요?"

"자살은 하지 못할 겁니다."

아직 정수진이 살아 있다. 그러니 그 때문에라도 자살은 할 수 없다.

"쇠든 사람이든, 담금질이 되어야 강해집니다."

노형진의 말에 손예은은 안타까운 시선으로 정지된 화면을 바라볼 뿐이었다.

⚖

"재판장님, 피고 측은 이번 사건과 관련해서 원고 측에 보복했습니다."

재판이 시작되자마자 터져 나온 갑작스러운 노형진의 폭탄 발언.

그 말에 사람들은 웅성거리면서 놀라움을 금치 못했다.

"말도 안 되는 소리! 헛소리하지 마요! 무작정 지껄이면 다 되는 줄 압니까?"

상대방 변호사는 말도 안 된다는 듯 화를 냈다.

상식적으로 그런 짓을 하면 좋을 게 없으므로 실제로 그런 짓을 하는 사람이 없기 때문이다.

물론 그건 어디까지나 상식적인 수준에서다.

"말이 아니라 실제로 그렇습니다. 안 그런가요, 피고 측?"

노형진은 관람석에 앉아 있는 조현아의 가족들을 바라보았다.

그러자 조현아의 가족은 얼굴이 사색이 되었다.

'응?'

그걸 본 상대방 변호사는 뭔가 이상하다는 생각을 했다.

보통 이런 경우 말도 안 된다며 비웃거나 화를 내야 정상이다. 그런데 의뢰인들의 얼굴색이 갑자기 변하기 시작한 것이다.

'이런 씨발……. 나 없는 사이에 뭔 짓을 벌인 거야?'

이번 사건을 이기지 못할 것임은 알고 있다.

하지만 그래도 절반은 건질 수 있고, 그중 일부는 받아 챙길 수 있기 때문에 이 사건을 담당했다.

그런데 저들이 자신 모르게 무슨 짓을 한 모양이었다.

"재판장님, 여기 병원에서의 사건 기록과 집에서의 사건 기록 그리고 근무지에서의 사건 기록을 제출합니다."

"그게 무슨 소리야?"

"피고 측은 원고의 딸인 정수진이 입원한 병원에 와서 폭행을 가했고, 원고의 집에 무단으로 출입해서 물건을 파손했으며, 또한 원고가 일하는 근무 현장에 가서 업무를 방해하는 등 이번 사건을 취하라는 요구를 하면서 폭행 및 모욕과 명예훼손을 했습니다. 이를 증명하기 위해 해당 동영상을 제출하는 바입니다."

"개소리하지 마!"

조갑정은 깜짝 놀랐다.

일반적으로 그곳에 카메라가 없다는 것은 이미 확인했다.

'일반적으로는 말이지.'

애초에 그들을 함정에 빠트리기 위해 준비하는데 사람 눈에 다 보이는 CCTV를 거기에 달아 둘 리 없다.

당연히 눈에 잘 띄지 않는 고가의 카메라를 달아 놓은 것이다.

"개소리가 아니라 진실입니다. 재판장님, 이 동영상을 틀어도 되겠습니까?"

"인정합니다. 증거로 제출된 동영상을 틀어 보세요."

노트북을 이용해서 동영상을 재생하자 흘러나오는 모습.

그런데 그 모습은 조갑정뿐만이 아니었다. 그의 아버지와 어머니의 모습도 있었다.

"이, 이게……."

그의 아버지는 정서범의 집 문을 부수고 들어가서는 욕을 하면서 집 안 집기를 다 부수었고, 그의 어머니는 직장으로 가서 정서범의 머리끄덩이를 붙잡으면서 욕을 하고 깽판을 쳤다.

직장이라고 해 봐야 노가다 판이지만, 그런 식으로 구설수에 오른 사람을 일반적으로는 쓰지 않는다.

'내가 미리 이야기했으니 망정이지.'

물론 그의 집에는 집주인에게 말해서 미리 카메라를 달아 뒀고, 그의 직장에는 미리 미친년이 와서 깽판을 칠 거라는 사실을 말해 놨다.

사정을 들은 집주인과 회사 사람들은 진심으로 분노했고, 자신들이 도와줄 수 있는 것은 다 도와주겠다는 약속을 했다.

당연히 그런 약속을 한 노형진이 그냥 넘어갈 리 없다.

조갑정은 병원에 피해를 주지 않았지만 그 아버지와 어머니는 명백하게 피해가 발생시켰기 때문이다.

"현재 이 건에 대해서, 집에 대한 공격은 무단 침입 및 재물 손괴로 고소가 들어갔으며 회사 쪽은 업무방해로 역시 고소가 들어갔습니다."

"그게 무슨 말도 안 되는 소리야! 그 개자식 물건을 부수는 건 내 마음이라고! 너희가 뭔 자격으로 고소를 해!"

조현아의 아버지는 발끈했다.

자신이 무슨 잘못을 하는지도 인식하지 못하고 있는 게 분명했다.

'저런 인간이니 딸자식이 저딴 식으로 자라지.'

도무지 상식이라고는 없는 그를 보면서 노형진은 머리를 절레절레 흔들었다.

"해당 집의 문을 부수고 들어가시지 않았습니까? 그리고 그 집에 들어가서 텔레비전, 냉장고, 세탁기, 에어컨을 부수셨는데, 풀 옵션이라고 아십니까?"

"푸…… 풀 옵션?"

"네."

"헉!"

풀 옵션이란 집을 빌려줄 때 생활에 필요한 필수품을 설치해 주는 것을 말한다.

대표적인 게 바로 텔레비전과 냉장고, 세탁기 그리고 에어컨이다.

돈이 없어서 그런 걸 살 여건이 안 되고 자주 이사를 다녀야 하는 정서범은 그런 풀 옵션이 붙어 있는 빌라에 월세로 들어간 것이다.

"개소리하지 마! 어디서 구라질이야! 그렇게 후줄근한 집에 무슨 풀 옵션이야!"

"구라질?"

노형진은 피식 웃었다.

"후줄근하니까 풀 옵션이지요."

"뭐라고?"

"확실히 그 집이 다른 집보다 오래되어 낙후되긴 했습니다. 그래서 그 집이 다른 집보다 안 나가 풀 옵션을 넣은 것입니다."

"큭……."

보통 사람들은 풀 옵션이라고 하면 신축을 생각한다. 하지만 반대로 낙후된 집들 중에도 풀 옵션이 적지 않다.

새로운 집이 풀 옵션으로 나오니 당연히 기존에 있던 집들은 안 나가고, 단순히 가격이 싼 것만으로는 대항하는 데 한계가 있기 때문이다.

"흠……."

그러는 사이 판사의 표정은 점점 심각해져 갔다.

그동안 여러 건의 사건을 담당했다. 그리고 사건에서 유리해지기 위해 직접적인 압력을 하는 놈들도 없는 건 아니었다.

그런데 이들처럼 가족이 모조리 나서서 돌아가면서 폭행한 것은 또 처음이었다.

'이런 씨발…….'

상대방 변호사는 그걸 보고 똥 씹은 얼굴을 했다.

사실 법적으로 5:5로 나누는 게 기본이라고 하지만 그건 어디까지나 정상적인 관계에서 그렇다.

그런데 이번 사건의 경우, 의뢰인인 조현아가 자식을 버리고 간 것이 명확하기 때문에 그 비율은 현격하게 자신들에게 불리하게 떨어질 수밖에 없다.

그런데 그것도 모자라서 폭행을 하다니.

'이런 미친 새끼들.'

어떻게 해서든 6:4 정도로 맞춰 보려고 한 그는 그게 이미 글러 먹었다는 사실을 알 것 같았다.

"이 사건에 대해서는 오늘 아침 형사적으로 고소가 진행되었으므로 증거로 제출하는 바입니다."

원고석에 앉아 있던 정서범은 어리둥절했다.

자신이 당한 모습이 그대로 다 찍혀 있을 거라고는 생각도 못 했던 것이다.

"피고 측, 이 사건에 대해 할 말 있습니까?"

"그게……."

상대방 변호사는 정신이 아찔했다.

이 병신들이 저지른 초대형 사건을 어떻게 무마할지 도무지 답이 안 보였기 때문이다.

'그게 가능하겠냐?'

가능할 리 없다.

그냥 말뿐인 욕설이나 협박도 문제가 될 텐데, 명백하게 그들이 폭행을 가했다. 그러니 당연히 판결은 저쪽에 유리하게 나올 수밖에 없다.

"후우, 피고 측 변호인."

"네."

"일주일 안에 답변서를 제출하세요. 재판은 그때 속개하겠습니다."

"네."

피고 측 변호사는 그냥 고개를 숙이면서 힘없이 중얼거렸다.

"피고 측 변호사가 사퇴했다면서?"

"그래."

"조금만 불리하면 변호사들이 사퇴하고 그래?"

"아니."

얼마 전 피고 측 변호사가 2차 기일을 앞두고 갑자기 사퇴서를 제출했다.

그래서 부랴부랴 다른 변호사를 알아보고 있다고 하지만, 그 사건을 담당하려고 하는 다른 사람이 쉽게 나타나지는 않는 상황.

"불리해서 그런 게 아니라 돈이 안 되니까 그런 거야."

"돈이 안 된다?"

"그래."

일반적으로 그런 변호사들이 노리는 것은 속칭 승소 비용이다.

새론도 받기는 하지만 다른 변호사들은 터무니없이 높은 비용을 청구한다. 일반적으로 대략 20% 정도.

"그런데 이 사건에서는 이기는 게 불가능해."

자식을 버리고, 그것도 모자라서 폭행까지 해 가면서 돈을 빼앗으려고 했으니 판사의 입장에서는 아마도 최소한의 배상금만 주려고 할 것이다. 그 마지노선은 대략 30% 정도.

"그러면 대략 1억이지."

"그거면 충분한 거 아냐?"

"그게 문제야. 승소라는 개념이 문제거든."

일반적으로 이런 경우 일정 금액 이상으로 받아 내는 데 성공하거나 합의를 통해 적당히 받아 내는 것을 승소 비용이라고 한다.

"그런데 아마도 1억은 그 승소비에 턱도 없이 부족할 거야. 거기에다가 우리는 합의가 없다는 사실을 못을 박아 뒀지."

"아! 그래서 돈이 안 되니까 일 안 하겠다 이거야?"

"그런 거지."

싸워 봐야 이미 이기기는 글러 먹었으니 본인만 피곤할 뿐이다. 그런데 그런 상황에서 의뢰인이라는 자식들이 핵폭탄까지 던져 놨다.

"그리고 그냥 있으면 형사까지 독박이거든."

"형사?"

"그래. 이미 그 가족들은 형사처벌 대상이야. 현재 조사 중이지. 그러면 당연히 변호사를 선임하겠지. 누구한테 가겠어?"

"기존에 알던 변호사겠지."

"그래, 그게 문제야."

그들이 그에게 간다면 당연히 별개의 사건으로 봐서 따로 수임료를 내야 한다.

그렇다면 세 명이니까 한 사람당 최하 금액인 300만 원이라고 쳐도 최소 900만 원의 수임료를 더 내야 한다.

문제는 그 300만 원이 최하라는 것. 일반적으로 대략 400만에서 500만 사이를 요구한다.

"그런데 돈 때문에 자식이 죽어도 눈도 깜짝 안 하는 집안에서 그 돈 주려고 하겠어? 이미 민사도 맡겼으니 좀 깎아 달라고 하겠지."

"흠…… 깎아 달라고 하면 그나마 다행이게? 그냥 공짜로 해 달라고 하겠지."

"그래."

변호사의 입장에서는 전혀 다른 사건이니 따로 수임료를 받아야 하지만 조현아 가족의 입장에서는 같은 사건이라고, 이건 공짜로 해 줘야 한다고 주장한 것이다.

단순히 노형진의 예상이 아니라, 실제로 그들은 그렇게 주장했다.

"엿 먹어 봐라 이거구나."

"그런 거지."

솔직히 그냥 돈만 받으면 되는 일이니 지든 말든 신경 안 쓰고 그 사건을 진행할 수도 있다.

"하지만 의뢰인이 개진상이면 무조건 피하는 게 답이거든."

가끔 터무니없는 인간들도 있다.

질 수밖에 없는 사건을 가지고 와서 기어코 맡겼다가 지면 너 때문에 졌으니 변호사에게 물어내라고 깽판을 치는 것이다.

"상대방 변호사도 능력은 모르겠지만 굴러먹을 만큼 굴러먹은 변호사인 것 같더라."

오래 하다 보면 그런 진상을 알아보는 눈이 생기기 마련이다.

그리고 그런 놈들 사건은 해 줘 봐야 욕만 먹고, 남는 것은 자신에게 책임을 미루고 뜯어내려고 하는 소송뿐이다.

"거참, 돈독이 제대로 올랐네."

"그런 녀석들이니까."

"그나저나 정서범 씨는 아무런 말도 안 해?"

자신 몰래 이런 일을 저질렀다는 걸 알면 무슨 말이 있어야 한다.

자신을 따돌렸다고 화를 내든가, 복수해 줬다고 고마워하든가.

"암말도 안 하던데."

"바보 아냐?"

"그런 사람들이 있지. 그냥 흘러가면 흘러가는 대로, 착하게, 남한테 해 안 끼치고 살려고 하는 사람들. 쓴소리 바른소리 한번 못 하고 말이야."

"바보네."

한국은 착한 사람이 살 수 있는 구조가 아니다.

착한 것과 멍청한 것은 전혀 다르다.

자기 의견이 없고 자기 욕심은 안 챙긴다면, 그건 착한 게 아니라 멍청한 것이다.

"그러니까 내가 이렇게까지 하지."

노형진은 한숨을 푹 쉬었다.

"젠장, 고구마가 목에 걸린 느낌이야. 사이다가 필요해."

"엥? 사이다야 냉장고에 있잖아?"

"그런 게 있다."

노형진은 진짜 답답한 듯 소형 냉장고를 열어서 사이다를 쭈욱 들이켰다.

"일단 저쪽은 이기는 데 문제가 없어. 놔둬도 될 거야."

"문제는 조현아네."

"그렇지."

그 가족들은 전과를 달았고 그 손해배상 문제는 계속 진행되고 있다.

문제는 조현아의 뒤에 있는 누군가.

"그 누군가가 누굴까?"

"글쎄. 하지만 조만간 드러날 거야."

"응?"

손채림은 고개를 갸웃했다.

"기다려. 누군지는 조만간 드러날 테니까."

노형진은 그렇게 말하면서 눈을 감고 숨을 고르게 쉬었다.

하지만 입에서는 전혀 다른 말이 나오고 있었다.

"씨바…… 사이다, 사이다…… 사이다가 필요해."

"사건이 멈췄습니다."

노형진을 찾아온 손예은 변호사의 말.

그녀는 딱딱한 얼굴로 자신이 담당하고 있는 사건에 대해 말해 줬다.

노형진은 민사를, 그녀는 형사를 담당하기로 했었다.

"사건이 멈췄다고요?"

"네. 갑자기 사건 조사가 멈췄습니다. 추가적인 조사가 필요하다고 하면서 차일피일 미루더군요."

"흠⋯⋯."

노형진은 턱을 스윽 문질렀다.

"드디어 나타났군요."

"조현아의 남자 말입니까?"

"네."

그렇지 않다면 증거가 다 있는 사건이 멈출 리 없다.

"아마도 어떻게 해서든 사건을 무마하려고 하는 것이겠지요."

"그러면 곤란한 거 아닌가요?"

노형진이 갑자기 피식하고 웃었다.

"곤란? 아니요. 이번이 기회입니다."

"네? 하지만 경찰에 압력을 가해서 사건을 멈췄는데요?"

"경찰에 압력을 가해서 사건을 멈춘 게 아니라, 경찰에밖에 압력을 가하지 못한 거죠."

"네?"

"제가 왜 이 사건을 형사와 민사를 동시에 넣었는지 아십니까?"

"빠른 배상을 받기 위해 아닌가요?"

"그것도 맞지만 상대방의 능력을 재 보기 위해서이기도 합니다."

"네?"

"아무리 돈이 있다고 해도 급수라는 게 있거든요."

땅을 팔아서 부자가 된 졸부들은 아무리 돈이 많아도 로비를 하는 데 한계가 있다. 줄을 대는 법을 모르기 때문이다.

반대로 진짜 부자로 오래 있던 놈들은 돈은 더 적게 쓰면서도 확실하게 줄을 대는 라인을 알고 있다.

"상대방이 진짜 부자라면 사건이 정지되는 게 아니라 빠르게 검찰로 갔을 겁니다."

"어째서인가요?"

"로비의 대상이 검사나 판사였을 테니까요."

"아!"

경찰은 사건을 무마하고 조서를 쓰는 데 약간의 조작을 가할 수 있을지는 모르지만 엄밀하게 말해서 판결할 권한은 없다. 그러니 똑같은 돈을 들여서 로비했을 때 그 효과가 적다.

그에 반해 검사는 구형량을 로비할 수 있는데, 기본적으로 판사들은 검사들이 구형한 것 이상으로는 판결을 잘 안 하기 때문에 사실상 구형량이 최대 형벌이다.

가령 이번 사건에서 검사가 집유를 구형하면 판사는 집유까지만 하는 것이다.

판사야 당연히 결정을 내리는 존재이니 구형이고 나발이고 가뿐하게 무시하고 자기 마음대로 결정할 수 있다.

"로비를 할 때 효과가 좋은 것은 판사와 검사 그리고 경찰 순입니다. 당연히 그 라인과 선이 닿기 위해서는 그만한 능력이 되어야지요."

"즉, 상대방이 누군지 모르지만 검사 라인 이상으로는 못 올라갔다 이거군요."

"네."

만일 검사 라인이 있다면 이미 사건은 대충 조사해서 넘어갔을 것이고 집유 정도로 무마되었을 것이다.

"그게 상대방을 찾는 데 도움이 되나요?"

"도움이 됩니다."

"어떻게요?"

"상대방이 돈은 많지만 생각보다 멍청하다는 뜻이거든요. 시기적으로 봤을 때 아마도 토지 보상금 같은 것으로 갑자기 부자가 된 녀석일 겁니다. 그리고 돈은 넘쳐 나는데 주체를 못 하는 녀석일 거고요."

"그런데 멍청하다는 건 무슨 뜻이죠?"

돈이 많다는 것과 멍청한 건 전혀 상관없는 문제다. 그런데 다짜고짜 멍청하다니?

"시간요."

"시간?"

"네. 제 예상으로는 조현아가 그의 세컨드 노릇을 한 건 못해도 10년 이상일 겁니다."

"그런데요?"

"일반적으로 사람들은 그 정도 시간이 지나면 원하든 원치 않든, 검사 정도의 라인은 생기기 마련이거든요."

사건에 휘말려서 그걸 해결하려 할 수도 있고, 부자들끼리 뭉치면 떡고물을 노린 검사나 판사가 끼어들기도 한다.

설사 아니라고 해도 어느 정도 재산이 있으면 정치자금을 노린 정치인이 자금을 요구하는데, 그들과 일하다 보면 자연스럽게 검사, 판사와 엮이기 마련이다.

"그런데 그게 없다? 그건 지역 유지 수준이라는 거죠."

"지역 유지?"

"네, 돈은 있지만 정치적인 식견 같은 건 없는. 그리고 사업을 하지도 않는."

"사업을 하지 않는다고요?"

"네, 사업을 하는 사람이 정치적 라인을 거부할 리 없지 않습니까?"

손예은은 이해가 가는 듯 고개를 끄덕거렸다.

사업을 하는 사람이 그런 정치적 라인을 거부할 리 없다.
그게 다 돈이라는 것쯤은 알고 있을 테니까.

그걸 거부한다는 것은 그 필요성을 느끼지 못한다는 것.

"과연 한 지역에 그런 사람이 얼마나 될까요?"

"무슨 뜻인지 알겠습니다."

정보가 있으면 그가 누군지 찾는 것은 어려운 일이 아니다.

"그 미스터리한 남자가 누군지 알아봐야겠네요."

그리고 그게 조현아 가족의 파멸의 서막이 될 것이다.

"곽근만. 재산은 대략 300억 정도이고 원래는 이 지역의
유지였어. 아버지가 돌아가신 후 물려받은 땅에 아파트촌이
들어서면서 부자가 된 사람이야."

추정되는 사람을 찾는 것은 어려운 일이 아니었다.

조현아가 아무리 안 만난다고 해도 한정된 조건을 가진 남
자는 그다지 많지 않으니까.

"딱히 하는 것도 없고, 그 300억으로 까먹으면서 사는 모
양이야."

"하긴, 300억이면 이자만으로도 떵떵거리면서 살지."

국민들에게는 터무니없이 낮은 이율을 주는 은행이지만
큰돈을 가진 부자들에게는 그것과는 비교도 할 수 없는 이율

을 계산해 준다.

1천만 원씩 백 명보다 10억짜리 한 명이 더 관리하기 쉽고
또 돈을 융통하기 쉽기 때문이다. 당장 노형진이 그런 대상
중 한 명이 아닌가?

"연 이자 2%만 따져도 어마어마하지."

300억을 모조리 넣어 뒀다고 하면 연 6억의 이자가 나오
는 셈이다.

말 그대로 쓰고 쓰고 또 써도 도무지 줄어들 것 같지 않은
금액이다.

"그래서 떵떵거리면서 잘살기는 하는데……."

"별건 없다 이거지?"

"응, 전형적인 한량."

"흠."

야심은 없지만 노는 거 좋아함. 그리고 여자라면 환장함.

"조현아가 사는 건물의 건물주이기도 하지."

그렇다면 볼 것도 없이 이 사람일 가능성이 높다.

"이제 어쩔 거야? 만나서 협상을 해 볼 거야?"

"협상? 무슨 협상?"

"아니, 일단 조현아랑 연을 끊으라고 해야 하는 거 아냐?"

"에이, 무슨 말을 그렇게 섭섭하게 해."

"응?"

"전에 말했잖아, 이 녀석도 복수의 대상이라고."

"하지만 이 사람에게 복수를 어떻게 하려고?"

"그 녀석에 대한 복수는 내가 해 줄 게 아니야."

"그럼?"

"다른 사람이 해 줄 거야. 그러면, 마누라에 대해 뒤를 좀 털어 보자고."

"뭐? 마누라?"

의외의 상대에 대해 조사하겠다는 말에 손채림은 어리둥절할 수밖에 없었다.

"바람이라고……."

"그렇습니다, 사모님."

노형진의 앞에서 부들부들 떨고 있는 여자.

그 여자는 곽근만의 아내인 서순자였다.

그녀는 자신의 남편이 바람을 피우고 있다는 사실에 분노해서 어쩔 줄 몰라 하고 있었다.

"더군다나 그 내연 관계는 10년 이상 되었다고 생각합니다."

"뭐라고? 10년?"

노형진에게 다짜고짜 반말을 하는 사람이다. 즉, 이쪽도 그다지 성격이 좋은 인간은 아니라는 뜻이다.

하지만 노형진은 그게 더 좋았다.

'성격 좋은 여자면 그냥 참고 말지만 과연 이런 성격을 가진 여자가 참을 수 있을까? 후후후.'

실제로도 서순자는 속에서 치밀어 오르는 분노를 참아 내기 위해 이를 악물고 있었다.

"확실해?"

"그럼요. 확실하지요."

"이 망할 년이……."

서순자는 두어 번 얼굴을 본 조현아를 생각하고는 이를 빠드득 갈았다.

"아마 주변 피부 관리실에 알아보시면 현실을 알게 될 겁니다."

"피부 관리실?"

"나이에 비해 상당히 피부가 좋아 보이지 않던가요?"

"설마…… 그년한테 피부 관리실도 끊어 줬다는 거야?"

"네."

"이런 쌍놈의 새끼가!"

자신이 피부 관리 한번 받으려고 하면 다 늙어서 쓸데없는 짓 한다고 뭐라고 하던 인간이 내연녀에게는 피부 관리실까지 끊어 주다니.

노형진은 그렇게 부들부들 떠는 그녀를 보면서 속으로 미소를 지었다.

'이쯤에서 슬쩍 찔러볼까?'

계획을 위해서는 그녀가 필요하다.

그리고 그녀가 움직이기 위해서는 그녀가 이 일로 인해 위협을 느껴야 한다.

"그리고 곽근만이 서 여사님 뒤를 캐고 다닌다는 소문이 있습니다."

"뭐라고? 그게 무슨 소리야?"

"이 사진을 보십시오. 이 사진은 저희 쪽에서 입수한 겁니다."

한 뭉치의 사진을 꺼내 드는 노형진.

거기에는 쇼핑을 하거나 다른 곳에서 활동하고 있는 서순자의 모습이 그대로 찍혀 있었다.

"아니, 왜!"

"이혼을 하기 위해서지요."

"이혼?"

"네, 이혼 시, 일방에게 귀책사유가 있는 경우 그 사람은 재산도 받지 못하고 쫓겨납니다. 그게 우리나라 법이지요."

서순자는 움찔했다.

그리고 노형진은 그걸 보고 피식 웃었다.

'걸렸다.'

살면서 이혼 사유가 될 만한 짓을 과연 단 하나도 안 했을까?

물론 그녀가 바른 여자라면 그랬을 것이다.

하지만 처음 본 사람을 다짜고짜 반말로 무시하는 졸부 타입의 여자가 그렇게 바른 여자일 가능성은 별로 없다.

이것이 법이다

"제법 오랫동안 추적했다고 하더군요."

"추적이라니?"

"사모님이 호스트바에 다니는 것도 알고 있다고 합니다."

그 순간 서순자는 화를 내지도 못하고 침묵만 지켰다. 호스트바에 다니는 것이 사실이기 때문이다.

'뻔하지, 뭐.'

물론 노형진이 그녀에 대해 뒷조사를 하기도 했지만, 이런 타입의 여자들의 과정을 뻔하게 안다.

진짜 있는 집 자손들은 이들을 무시한다, 졸부라고.

그렇다고 자기들끼리 뭉치는 데에는 한계가 있다. 알게 모르게 자기들끼리 뭉치다가도 10년 정도면 인정받아서 상류층에 편입되기 때문이다.

'하지만 이런 성정으로는 무리지.'

결국 돈만 많을 뿐 그다지 힘이 없는 그녀는 상류층에 가지 못하게 되고, 그러면 대부분의 여자들이 그러하듯 호스트바 같은 곳을 들락거리기 마련이다.

"만일 여기서 이혼소송을 당하시면 한 푼도 못 받고 쫓겨나실 겁니다."

"너 이 새끼…… 원하는 게 뭐야?"

서순자는 그제야 노형진을 의심하기 시작했다.

곽근만이 바람을 피우고 있다는 사실을 알려 준 것은 고맙다. 하지만 얼굴도 모르는 작자가 그런 정보를 가지고 온다는 건 상당히 의심스럽다.

'모든 것에는 대가가 있는 법.'

물론 노형진이 착한 척하면서 불쌍해서 알려 줬다고 할 수 도 있다.

하지만 이런 여자는 그런 것에 속을 성격이 아니다. 도리어 더 위협이 되어야 믿는 성격이다.

'기브 앤드 테이크.'

가는 것이 있어야 오는 게 있다고 믿는 타입.

이런 타입은 절대 선의를 믿지 않는다.

"이거지요."

손가락으로 돈을 뜻하는 동그라미를 만드는 노형진.

"그쪽에서는 곽근만에게서 4천을 약속받았습니다. 하지만 사모님이 세 배를 주신다면 모든 자료는 폐기하겠답니다."

"세 배?"

"그렇습니다."

"장난해! 무려 1억 2천이잖아!"

"그렇지요. 하지만 그걸 안 주시면 그 자료는 곽근만에게 넘어갈 겁니다. 그러면 땡전 한 푼 못 받고 쫓겨나실 텐데요?"

"빌어먹을 새끼들."

"하지만 반대도 가능하지요."

"뭐?"

"곽근만은 10년이 넘는 동안 두 집 살림을 했습니다. 증거는 넘치지요. 재판부가 그걸 알게 되면 어떻게 될까요?"

"그거야······."

서순자는 머릿속을 열심히 굴리기 시작했다.

그녀는 그저 돈만 쓰고 다닌 게 아니다. 놀러 다니다 보면 이런저런 소식을 많이 듣게 된다.

"기본적으로 이런 경우, 재산은 반반으로 분할합니다. 하지만 귀책사유가 저쪽에 더 있으니 더 받아 오실 수 있습니다."

"그게 사실이야?"

"조금만 알아보시면 될 텐데요?"

히죽거리면서 웃는 노형진.

누가 봐도 파렴치한 협잡꾼의 모습이었다.

하지만 그 모습이 중요한 게 아니었다. 이미 서순자는 슬슬 넘어오고 있었던 것이다.

"이미 저쪽은 이혼을 각오하고 증거를 모으고 있습니다. 증거는 이쪽에 있고요. 원하시면 유리하게 이혼하실 수도 있지만, 안 그러면 다 빼앗기고 길바닥으로 나앉으실 겁니다."

"개 같은 변호사 새끼들."

"저희도 먹고살아야지요."

"조사했다는 그 새끼들은 그렇다고 치고, 너는 뭔데?"

"저희요? 저희도 돈이지요. 이런 사건 하나 하는 데 비용을 얼마나 받을 것 같습니까?"

"끄응······."

몇백억대 이혼소송이면 수임료는 최소 3억에서 4억 이상
이다.

　　"너희들은 지옥에 떨어질 거다."

　　"그럴 리가요. 저희는 사모님을 구해 드리려고 하는 겁니다."

　　서순자는 히죽거리면서 웃는 노형진의 면상을 두들겨 패
고 싶었지만 그럴 수는 없었다. 이미 길은 정해져 있으니까.

　　"쓰지."

　　"감사합니다. 이미 서류는 준비해 왔습니다."

　　노형진은 여전히 비굴한 웃음을 얼굴에 그리면서 미리 준
비한 계약서를 꺼내 들었다.

원 펀치, 스리 강냉이

"이 씨발 놈의 새끼!"

"왜 이러십니까?"

노형진의 멱살을 잡고 분노하는 곽근만.

자신도 모르는 사이에 자신에 대해 조사하고 이혼소송을 하게 만든 1등 공신이 바로 노형진이기 때문이다.

"너 이러고도 살 자신 있어! 죽여 버릴 거야!"

"상대방 변호사에게 협박하는 건 불법입니다."

노형진은 그렇게 말하면서도 멱살을 풀려고 하지 않았다.

도리어 보다 못한 다른 사람들이 풀려고 하는 것을 손을 들어서 막았다.

"이거 놓으시죠."

말로는 그렇게 하고 있지만 솔직히 속으로는 놓지 않았으면 하는 생각도 하고 있었다.

'아주 대놓고 가져다 바쳐라.'

그가 챙겨 주던 여자, 아니 그와 내연 관계이던 여자는 조현아만 있는 게 아니었다.

그리고 이렇게 멱살을 잡은 상태에서는 관련된 모든 정보가 다 노형진에게 읽히고 있었다.

'아주 땡큐네.'

금액만 봐서는 이 이혼소송이 메인인 것 같지만 사실 결코 아니다. 자신들이 의뢰를 받은 것은 조현아와 관련된 사건이니까.

뭐, 개별적으로 메인인 사건이기는 하지만 이렇게 쉬운 사건을 자신이 할 생각은 없었다.

"자, 자! 진정하시고."

결국 다른 사람들이 풀어내고 나서야 노형진을 죽이겠다고 고래고래 소리를 지르면서 끌려가는 곽근만.

노형진은 툭툭 목을 털어 내고는 가방에서 뭔가를 꺼내서 그걸 적었다.

"이거, 사무실 들어가면 무태식 변호사님한테 드려."

"뭔데?"

"다른 내연녀 주소."

"헐? 또?"

"음, 또는 아니려나? 내연녀라기보다는 조건 만남이야."

"넌 뭐 저 인간이랑 싸우고 나면 뭐 하나씩 터트리냐?"

"내가 조용히 넘어가려고 하는데 신경을 건드리잖아."

"무서운 놈."

그렇게 말하면서도 손채림은 그걸 챙겼다.

확실하게 이길수록 자신들에게는 좋기 때문이다.

수임료만 3억.

거기에 승소 비용으로 승소한 재산의 3%를 주기로 했다.

모든 자료를 다 가지고 있다고 서순자가 믿고 있었기 때문에 그런 파격적인 조건을 단 것이다.

실제로 넘쳐 나는 증거들 덕분에 서순자는 아주 흡족한 얼굴이 되었다.

"그런데 이런 사건은 네가 해야 하는 거 아냐?"

"엄밀하게 말하면 내 사건은 아니니까. 나한테 필요한 것은 돈이 아니라 서순자의 대리인이라는 타이틀이거든."

"그건 그렇지."

그리고 그걸 얻었으니 본격적으로 써먹을 시점이었다.

"이게 무슨 짓이야!"

다짜고짜 집으로 처들어온 집행관들.

그들은 조현아의 집에 있는 집기마다 딱지를 붙이기 시작했다.

"가압류?"

"그렇습니다."

"아니, 내가 뭔 짓을 했다고!"

"바람을 피우셨지요. 그리고 이 집에 살면서 한 번도 세를 내지 않으셨고요."

"뭐?"

"이 빌딩이 서순자 씨와 곽근만 씨 공동 명의인 거, 모르셨습니까?"

곽근만은 조현아를 거기에서 살게 해 주는 대신 그녀의 방세를 본인이 냈다.

그렇게 살게 하면 돈도 적게 들어가고 가까이에서 보고 싶을 때마다 볼 수 있기 때문이다.

그러니 당연히 그녀는 단 한 번도 돈을 내 본 적이 없다.

"당연히 지난 10년간의 방세를 내셔야지요. 아, 그리고 곽근만 씨와 바람피운 것에 대한 배상금도 내셔야 하구요."

조현아는 정신이 아득해지는 기분이었다.

그동안 곽근만의 지원 덕분에 편하게 살았다.

하지만 편하게 살았다는 것이 돈이 있다는 것을 뜻하진 않는다. 말 그대로 주는 돈으로 살았던 것이다.

그런데 갑자기 이런 사태라니.

"안 돼!"

"안 되면 되게 하라는 말이 있지요, 후후후."

조현아가 아무리 외쳐도 이미 들어온 압류를 풀 방법은 없었다.

⚖️

"자기야! 자기야!"

곽근만에게 매달리는 조현아.

그러나 곽근만은 조현아를 매몰차게 밀어냈다.

"이 썅년아, 안 꺼져!"

곽근만은 열통이 터져서 죽을 것 같았다.

이혼소송을 하는데 계속 자신에게 불리한 증거가 나오고 있었다.

부랴부랴 서순자의 약점을 찾으려고 했지만 노형진에게 한번 된통 당한 서순자는 집에 틀어박혀서 꼼짝도 하지 않고 있어서, 까딱 잘못하면 재산의 대부분을 그녀에게 빼앗길 판국이었다.

문제는 그 '증거'다.

'죽이고 싶겠지.'

그 증거의 대부분은 조현아로부터 시작된 것이다.

그 말인즉슨, 조현아가 어디서 입을 나불거린 게 아니라면 그 관련된 증거를 서순자에게 줬다는 소리다. 그런 상황에서 조현아를 예쁘게 볼 수 없는 것은 당연한 일.

"자기야! 난 아니야! 난 억울해!"

그와 반대로 조현아에게 남은 카드가 곽근만뿐이었다.

자신이 빼앗아 온 돈은 묶여서 꺼낼 수도 없고, 재판에 따라서 달라지겠지만 1억을 남기는 것도 쉬운 게 아니다.

그런데 상대방, 그러니까 정서범은 그런 상황에서 양육비와 손해배상까지 청구해 왔다.

즉, 그녀에게는 남는 돈이 하나도 없게 된 것이다.

"안 꺼져?"

"자기야!"

끈질기게 매달리는 조현아와 그런 그녀를 밀어내는 곽근만.

노형진은 마치 우연인 것처럼 그들 앞에 스윽 나타났다.

"이런, 그림 참 좋네요."

"뭐야, 이 개새끼는!"

"오랜만입니다."

"이 새끼가 증말 뒈지고 싶어!"

곽근만은 눈깔이 뒤집힐 판국이었다.

그럴 수밖에 없는 게, 이 상태로는 최소한 200억을 마누라한테 빼앗기고 이혼당하게 생겼기 때문이다.

"아, 자꾸 협박하지 말라니까요. 협박죄로 고소당하면 어쩌시려고요?"

"이······."

깐죽거리는 노형진에게 분노가 터지는 곽근만.

그러나 진짜로 손을 댈 수는 없었다.

그의 등 뒤에 있는 경호원이 눈을 부라리고 있었기 때문이다.

"뭐, 이번에는 이혼 건으로 온 건 아니구요."

"뭐?"

"아직 소장이 도착하지 않은 모양인데, 불륜에 관한 손해배상을 청구하는 바입니다. 청구액은 5억인데요, 뭐, 그 정도는 가능하시겠지요? 그 정도는 남으셨을 테니까."

곽근만은 입을 쩍 벌렸다.

"뭔 개소리야!"

"말 안 하던가요?"

"뭘?"

"조현아 씨 말입니다. 이혼한 것도 아니고, 도망 나와서 산 거거든요."

곽근만은 울고 있는 조현아를 바라보았다.

그건 자신도 알고 있는 일이다. 하지만 어차피 신경도 쓰지 않았고, 쓸 만한 몸뚱이라 즐기는 데만 신경을 썼다.

그런데 손해배상이라니?

"당연히 법적으로는 부부가 맞습니다. 그러니까 사실상 당신이 조현아 씨랑 바람을 피우면서 결합을 막은 셈이지요."

"뭐?"

"이런 겁니다. 조현아 씨가 이혼하지 않았기 때문에 부모라는 이름으로 배상금 3억 5천을 들고튀었듯이, 이혼하지 않았기 때문에 법적으로 조현아 씨와 정서범 씨는 부부죠. 그리고 당신은 그런 부부 사이를 갈라놓고 바람을 피웠습니다. 그것도 무려 10년 넘게 말입니다. 그게 아니었다면 충분히 결합할 수 있었을지도 모르는데도요."

"그게…… 무슨…….."

"부부 관계를 깨트린 것에 대한 손해배상은 해 주셔야지요."

"이런…… 개 같은……."

전 같으면 까짓 푼돈, 던져 주면 된다고 생각했을 것이다.

하지만 당장 이혼소송에서 지고 있는 상황이다. 거기에다 자기 자식들마저도 자기를 사람 취급을 안 한다.

그런데 돈까지 더 달라고 하니 기가 막힌 노릇.

"아, 참고로 말하자면요."

"뭐?"

"이 모든 게 다 조현아 씨 덕분입니다. 저분이 돈 욕심이 나서 사고만 안 쳤으면 당신이 바람피우는 것도 안 걸렸을 테고, 그랬다면 당신이 이혼당하면서 재산을 잃는 사태도 안 벌어졌을 겁니다."

"이이익!"

"그러면 이번 사건도 법원에서 뵙죠."

피식 웃으면서 그 자리를 떠나는 노형진.

좀 떨어진 곳에서 기다리고 있던 손채림은 노형진에게 다가가서 고개를 갸웃했다.

"아니, 마지막 말은 왜 한 거야?"

"응?"

"그런 말을 할 이유가 있었어?"

"말했잖아, 우리의 목적은 돈이 아니라 복수라고."

"그래서?"

"자, 이 모든 게 조현아의 실수에서부터 시작되었다는 사실을 알면 곽근만은 저 성격상 어떻게 할까?"

그 말이 끝나기 무섭게 등 뒤에서 폭행 소리가 들려오기 시작했다.

그리고 조현아의 비명도 함께.

"꺄아악!"

"이 개 같은 년! 죽어! 죽어! 너 같은 년을 도와주는 게 아니었어! 은혜도 모르고 주인을 물어!"

"꺄아아악! 아니야, 자기야! 아니라고! 꺄아악!"

노형진이야 변호사이기도 하고 또 뒤에 경호원이 있어 손을 대지 못했지만, 조현아는 아니다. 혼자이니 충분히 손을 댈 수 있다.

"헐퀴."

여자가 맞아 죽는 소리가 들리자 손채림은 혀를 내둘렀다.

이런 식이면 곽근만은 절대로 조현아를 다시는 도와주지

않을 것이다.

"이걸 예상한 거야?"

"그렇기는 한데, 아직 복수 안 끝났다."

"응?"

노형진은 씩 웃고는 핸드폰을 들었다. 그리고 어디론가 전화했다.

"아, 112죠. 여기에서 어떤 미친놈이 여자를 마구 폭행하고 있는데요. 이러다가 사람 죽겠습니다. 빨리 경찰 좀 보내주세요. 네, 네."

그걸 보고 손채림은 머리를 절레절레 흔들었다.

⚖️

"독한 놈."

"후후후."

노형진은 경찰서에서 나오면서 미소를 지었다.

"기어코 콩밥을 먹이는구나."

"뭐, 콩밥까지는 안 먹겠지. 하지만 이혼소송에서 상당히 불리해지기는 할 거야."

노형진이 곽근만을 도발한 건 심심해서가 아니었다.

도발당한 곽근만은 화를 참지 못하고 조현아를 폭행했고, 그건 예상하던 바였다. 그래서 두 사람이 만나기를 기다리고 있었던 것이다.

그리고 그 장면에서 바로 경찰을 불렀다.

"폭행죄는 친고가 아니지."

폭행은 친고가 아니다.

조현아가 고소를 하지 않는다고 해도 제삼자가 고발할 수도 있으며, 당연히 그렇게 고발이 들어가면 사건이 멈추지 않는다.

그 말인즉슨, 곽근만이 전과를 달게 된다는 뜻이다.

물론 그것만으로 인생이 파멸되지는 않을 것이다.

아무리 당했다고 해도, 여전히 못해도 재산이 100억은 넘는 재산가니까.

하지만 당장 하고 있는 이혼소송에서 폭력 전과가 추가되는 것은 결코 좋은 일이 아니다.

양육비를 주지 않기 위해 아이들을 데리고 오려 했는데 폭력 전과가 있는 사람에게 양육권을 주지는 않을 테니까.

"그리고 상대방이 폭력 행위에 관련된 증거가 있으면 아무래도 이혼의 정당성은 서순자에게 있지."

그리고 그만큼 서순자에게 가는 재산은 많아진다.

"너 진짜 독하다."

"꿩 먹고 알 먹고 아냐?"

서순자에게 돈이 많이 가면 자신들이 버는 돈도 많아진다.

"이쪽은 이제 일이 끝난 것 같고, 다음번 작업을 시작하자고."

시간은 짧고, 밟아 버릴 녀석은 많았다.

⚖️

"이게 무슨……."
조현아의 가족은 당황했다.
그들에게 날아온 손해배상 청구.
다행히 가압류까지 오지는 않았지만 그렇다고 해서 상황
이 좋아지는 것은 아니었다.
"이런 독한 새끼! 네가 그러고도 사람이야!"
조정을 하기 위해 나온 정서범에게 삿대질을 하는 그들.
하지만 정서범은 대꾸하지 않았다. 그저 입을 꾹 다물고
있을 뿐이었다.
"입조심하세요. 여기 법원입니다."
보다 못한 노형진이 한번 슬쩍 겁을 주자 그제야 입을 다
무는 그들.
"애초에 당신들이 폭행을 먼저 시작하지 않았습니까?"
"그거야 저 멍청한 새끼가 말이 안 통하니까 그렇지."
발끈하는 아버지.
노형진은 그걸 보면서 속으로 어이가 없었다.
'이런 병신 같은 새끼들이 있지.'
과거에 자신에게 쩔쩔매던 사람은 나중에도 쩔쩔매리라고

생각하는 놈들. 그래서 영원히, 언제나 그럴 거라 생각하는 놈들.

딱 그런 타입이었다.

실제로 그런 일이 있다.

그러나 그건 대부분 어려서의 일이다. 그리고 사람은 성장하기 마련이다.

법과대학에 들어가면 배우는 사례 중에 그런 사례들이 많다.

학교 폭력으로 상대방을 가지고 놀던 녀석이 그 버릇을 고치지 못하고 사회에서 똑같이 상대방을 무시하다가 도리어 역습당하는 사건들.

학생과 성인의 갭은 어마어마하다. 그런데 그걸 이해하지 못하는 녀석들.

'이 노친네도 마찬가지군.'

과거에는 그래도 돌아올 가능성이 있다고 생각해서, 그리고 두 쌍둥이의 외가 쪽이라서 대우해 줬던 것뿐이다.

그러나 사실상 연을 끊었고, 그것도 모자라서 간신히 살아남은 아이를 죽이려고 한 시점에서 동일한 대우는 꿈도 꾸지 못한다.

"뭐, 당신들하고 떠들어 봐야 무슨 의미가 있겠느냐마는."

"뭐라고?"

발끈하는 조갑정.

하지만 정서범은 여전히 아무런 말도 하지 않았다.

"자, 자. 진정하시고. 여기는 싸우러 온 거 아닙니다."

조정관은 어떻게 해서든 사태를 무마시키려고 했다.

"각자 의견을 말씀해 주세요. 마냥 싸우려고 하는 건 아니잖습니까?"

"저희 쪽은 간단합니다. 그쪽에서 사실상 아내가 도망치고 바람피운 걸 안 후에도 조현아와 연락하면서 사실상 가정 파탄을 유도하셨으니까 그에 관련된 배상을 하라 이거지요."

"이 개새끼야! 그러면 다른 건 뭐야!"

"그건 당신들이 구타한 것에 대한 손해배상."

"뭐라고!"

"엄밀하게 말하면 그건 전혀 다른 사건입니다."

"그게 왜 다른 사건이야!"

"조정관님, 한 말씀 하시죠."

"에, 그러니까…… 엄밀하게 말하면 다른 사건 맞습니다."

그건 형사이고, 명백하게 저들이 전과자가 될 만한 범죄다.

그에 반해 고의적으로 가정을 파탄 낸 그들의 행동은 형사적으로 처벌할 수 있는 규정이 없다.

그렇지만 민사적으로는 충분히 할 만한 일이다.

민사라는 것은 형식이 중요한 게 아니라서 어떤 식으로든 피해를 주면 배상해야 하기 때문이다.

"증거 있어?"

"증거요?"

노형진은 피식 웃었다.

"증거야 있지요. 조현아가 말소된 주민등록번호를 살리러 갔을 때, 마치 약속이나 한 것처럼 거기에 가서 증인 노릇을 해 주셨지요. 안 그런가요?"

"우연이야, 우연. 오랫동안 연락한 적이 없다고!"

"글쎄요. 당신들 계좌는 다른 이야기를 하던데요?"

"뭐?"

"당신들한테 들어오던 돈, 그거 조현아가 계좌에서 보내 주던데요."

"돈만 보낸 거야!"

"돈만 보낸 거라……. 글쎄요. 그럴 수도 있지요. 하지만 당신들 전화기는 다른 이야기를 할 것 같은데요? 이미 통화 내역을 법원을 통해 요청해 놨습니다. 과연 통화 내역은 뭐라고 할까요?"

얼굴을 확 찌푸리는 가족들.

"그래서 뭐? 그게 왜 잘못이야! 지질하게 가난하게 사는 새끼한테 시집가서 고생하는 내 딸년 볼 수가 없어서 모른 척했다! 그래서 그게 잘못이야?"

사실 엄밀하게 말해서 그건 잘못이 아니다. 도의적으로 미안할 수는 있지만

"하지만 그걸 이용해서 이득을 챙긴 거라면 이야기가 달라지지요."

"뭐라고?"

"정서범 씨에게서 생활비 조로 돈 받은 거, 기억 안 납니까?"

"그게 뭐 어때서? 사위가 장모한테 돈 주는 게 잘못된 거야?"

"잘못된 건 아니죠. 하지만 당신들이 사실상 결혼 생활을 파토 낸 주범이라는 게 문제지요."

딸이 도망갔다. 그런데 설득도 하지 않고 감춰 주며 딸이 보내 주는 돈으로 생활했다.

더군다나 그것도 모자라서, 정서범이 마음이 약한 것을 이용해서 그에게 생활비가 부족하다면서 매달 100만 원이나 받아 챙겼다.

"거기에다가 월세 보증금이 올랐다고 돈 더 달라고 하고 돈 빌려 가서 안 갚고……."

노형진은 그 이야기를 듣고 기가 막혀서 말이 안 나왔다.

정서범이 게으르거나 무능해서 가난한 게 아니었다.

'씨발, 목수라고, 목수.'

사람들은 대부분 막노동을 한다고 하면 가난하다고 생각한다. 하지만 그건 반만 맞는 소리다.

소위 말하는 잡부들은 가난할 수도 있다. 일을 구해도 20%는 소개소에서 떼어 가는 데다가 일을 매일 구하지도 못하니까.

하지만 전문 기술을 가진 사람은 다르다.

특히 목수는 일당이 상당히 비싼 직업인데, 초보 목수만 해도 10만 원이고 중급은 15만 원, 공사 전반을 지휘할 수 있는 전문 목수는 20만 원이다.

문제는 정서범이 경력이 20년이 넘은 전문 목수라는 것.

'이게 뭔 개 같은 소리인가 싶었다.'

딸 병원비를 구하기 위해 매일같이 노가다를 나가는 것은 알고 있었다. 그래서 가난한 줄 알았다.

그런데 일당 20만 원짜리다.

거기에다가 그의 근무 기록을 보면 한 달에 평균 25일 근무했다. 단순 계산을 해도 한 달에 500만 원은 벌어야 한다.

그 정도면 대기업의 과장급은 되어야 받을 수 있는 돈이다.

"그런데 당신들이 이런저런 핑계를 대면서 빼앗아 갔더군요."

"우리도 가난하니까! 먹고살아야지!"

"그래요? 얼마나 찢어지게 가난하면 당신 명의로 집이 다 있어요?"

"뭐?"

"등기부 등본 다 떼어 봤습니다."

노형진은 비웃으면서 말했다.

이건 진짜 가족 전체가 사람 새끼가 아니라고 할 만큼 개놈들이었다.

"월세 보증금을 올려요? 뭐, 틀린 말은 아니네. 당신네들이 받는 사람이라서 그렇지."

"그게…… 무슨 개소리야?"

"당신들이 온갖 핑계를 대면서 돈을 뜯어 가는 동안 정서
범은 제대로 딸도 키우지 못하고 허덕거렸다는 거죠."

월 500만이라고 하면 못해도 한 달에 세금을 20%는 내야
한다. 그러면 400만 정도.

그런데 조현아 가족이 가지고 간 돈을 계산하면 한 달에
100만 원에서 150만 원선.

그나마도 가끔 보증금이 올랐네 집을 고쳐야 하네 하는 식
으로 거짓말하면서 한꺼번에 많이 빌려 간 것은 뺀 것이다.

"사위가 장인 먹여 살리는 게 뭐 어때서……."

슬쩍 고개를 돌리는 조현아의 아버지.

"그런데 사실상 당신들은 사위 취급이나 했습니까?"

결혼하고 처가댁이 집을 가지고 있는지 어떤지 아는 방법
은 그쪽에서 말해 주는 것뿐이다.

장인어른의 재산을 뒷조사하고 다니는 사람은 없으니까.

그리고 착해 빠지기만 한 정서범은 그런 사람들을 꼴에 아
이들 외가라고 어떻게 해서든 도우려고 힘든 일이 있을 때마
다 대출받아서 도와줬고, 그들은 그걸 집어삼켰다.

그러니 그는 그걸 갚느라고 언제나 가난할 수밖에 없었다.

"그래서 뭐 어쩔 거야? 장인한테 준 건데."

"아니죠. 그건 사기죠."

"뭐?"

"가족 관계를 유지하는 걸 방해하면서 또 가족 관계를 유

지하는 명목으로 돈을 요구했잖습니까? 더군다나 보증금이라는 명목으로 받아 간 돈이 1억이 넘고."

"그건…… 틀린 말은 아니지. 우리도 보증금을 빼 줘야지. 그래야 다른 사람이 들어오지."

"그러면 그 다른 사람이 들어오면 빌린 돈은 갚아야 하는 거 아닙니까?"

"……."

다급할 때는 빌렸을지 모르지만 돈이 들어오고 나니 아까웠을 것이다. 그러니 갚지 않았을 테고.

"이거, 참."

조정관은 이야기를 듣다가 기가 막혀서 말이 안 나오는 얼굴이 되었다.

조정관 노릇을 하다 보면 별의별 개놈의 자식을 다 보게 된다.

그런데 보아하니 이건 한두 명이 아니라 가족 전체가 다 개놈이다.

"조정하실 겁니까?"

뜬금없이 물어보는 조정관.

그의 업무는 조정해서 사건을 종결하는 것이다.

하지만 꼴을 봐서는 차라리 조정하지 않는 게 나을 듯했다.

그리고 노형진은 조정할 생각이 없었다.

"아니요."

"그러면 조정 불성립으로 하죠."

조정관은 빠르게 결정했다.

차마 저런 개 같은 집안사람들을 위해 한 번 더 생각해 보라는 말을 할 자신이 없었던 것이다.

"흥!"

"지랄한다."

반성도 하지 않고 나가는 가족들.

조정관은 그들이 나가고 나자 고개를 절레절레 흔들었다.

"사기로 처벌하시죠, 차라리."

"저도 그러고 싶은데요, 그게 불가능하더라고요."

일단은 가족이었다는 관계 때문에 사기죄가 되기 힘들다.

더군다나 저 녀석들이 아예 돈을 안 준 건 아니다.

이자라는 명목으로 돈을 주기는 했다.

300만 원.

'그게 문제지.'

대한민국에서 사기죄가 되려면 아예 돈을 주면 안 된다.

이자라든가 수익금이라든가, 하여간 어떤 이유에서라도 돈을 극히 일부라도 돌려주면 사기로 보지 않는다.

그래서 사기꾼들은 사기를 칠 때, 처음에 소액을 노릴 때는 돈을 넙죽넙죽 고이율로 준다.

자신을 믿게 해서 큰돈을 투자받으려는 목적도 있지만, 사기죄로 처벌받는 것을 면하려는 목적도 있는 것이다.

"이기기를 바라겠습니다."

조정관의 진심을 담은 인사를 받으면서 나오는 노형진.

그런데 그 옆에서 따라오던 정서범이 뜬금없이 입을 열었다.

"변호사님."

"네?"

"임플란트 비싼가요?"

"네? 비싸기는 하죠."

"그런데…… 제가 그 임플란트를 해 줄 만큼 돈을 벌 수 있나요?"

노형진은 아까 떠들던 노인의 입이 생각났다.

여기저기 구멍이 났던 이들.

'이 인간, 어디까지 바보인 거야?'

이 상황에서도 그걸 해 주고 싶은가 하는 생각에 노형진은 차갑게 말했다.

"뭐, 적지 않게는 벌 겁니다. 못해도 수억이겠지요."

"그렇군요."

그는 그렇게 말하고는 멍하니 하늘을 바라보았다.

⚖

"수진이가 깨어났대!"

사무실에서 일하던 노형진은 정신이 번쩍 들었다.

"뭐? 진짜야?"

"그래! 방금 병원에서 연락이 왔어! 수진이가 일어났다고!"

"다행이다. 별문제는 없대?"

"그냥 멍한 것 말고는."

다행히 정수진이 살아났다는 소식에 노형진은 안도의 한숨을 내쉬었다.

시간이 상당히 지났음에도 불구하고 일어나지 않아서 혹시나 두 쌍둥이 모두 죽는 거 아닌가 하고 걱정했는데 다행히 깨어난 것이다.

"일단은 정서범 씨가 그곳으로 갔어. 우리도 갈까?"

"나중에. 뭐, 우리는 급한 게 아니니까."

"그렇지?"

일단은 정서범 씨가 우선이다.

죽다 살아난 딸과 얼마나 함께 있고 싶겠는가? 자신 같은 변호사들이 낄 만한 자리가 아니다.

"더군다나 이야기는 해 봐야 할 테니……."

"아……."

노형진은 입안이 씁쓸했다.

깨어난 것은 다행이지만 그렇다고 해서 모든 게 나아지는 것은 아니다.

그녀는 살았지만, 그녀의 언니는 결국 깨어나지 못할 길을 갔으니까.

"안타까운 일이네……."

정서범의 가장 힘든 일은 아마 언니의 죽음을 알려 주는 것일 것이다.

그리고 그로 인해 생기는 충격을 상쇄하는 것도.

"당분간은 우리가 가면 안 되겠다."

자신들이 이 일을 하고 있다지만 이제 깨어난 그 아이의 입장에서는 어디까지나 타인이다.

물론 정수진이 원한다면 만날 수도 있겠지만 그녀가 변호사를 만날 일은 없을 것이다.

"잘되어야 할 텐데."

노형진은 힘들어할 그 가족들을 생각하고는 안타깝게 중얼거렸다.

⚖

얼마 후, 노형진은 정서범과 함께 정수진이 있는 곳으로 향했다.

정수진이 깨어나자 그녀에게 경찰이 사정 청취를 하고자 온 것인데, 아무래도 경찰이 끼어들다 보니 동석해 달라고 요청했기 때문이다.

그러나 그곳에 도착했을 때, 노형진은 자신의 눈을 의심해야 했다.

"조현아?"

병실에 들어갔을 때 보인 것은 침대 옆에 있는 조현아의 가족들이었다.

"너희들이 왜 여기에……."

정서범은 기가 막힌다는 얼굴로 그들을 둘러보았다.

그들은 돈 때문에 정수진이 죽든 말든 신경도 안 쓰던 인간들이다.

그런데 이제 와서 천연덕스럽게 병실에 와 있는 것이다.

"내 딸이 깨어났다는데 왜, 내가 못 올 곳에 온 거야?"

천연덕스럽게 말하는 조현아.

"자네, 그러는 거 아니야. 우리 손녀가 일어났으면 당연히 우리한테 이야기해야지."

"맞네."

"뭐라고?"

적반하장이라고, 도리어 정서범에게 화를 내는 그들.

정서범은 어이가 없다는 듯 그들을 바라보았다.

그리고 그들이 거기에 있는 이유를 노형진은 어렵지 않게 알아차릴 수 있었다.

'이런 개 같은 새끼들을 봤나?'

지금 저들은 법적으로 상당히 곤란한 상황이다. 워낙 사건 자체가 증거가 넘치는 데다 뒤집을 수도 없으니.

조현아는 곽근만에게 쫓겨났을 뿐만 아니라 서순자에게

그동안 밀린 10년 치 월세를 달라고 민사소송을 당했다.

거기에다가 이혼에 대한 손해배상까지 물렸으니 사실상 거지가 된 것이나 마찬가지다.

또한 그들의 가족은 정서범을 속여서 돈을 뜯어낸 것이 뽀록이 났다.

그 돈이 적지 않아서 당장 줄 수가 없는데, 노형진은 건물을 차압해 경매하는 한이 있어도 받아 낼 셈이었다.

즉, 자신들이 살고 있는 집을 통째로 빼앗기게 생긴 셈이다. 그리고 이건 이길 수가 없는 상황이었다.

'수진이를 이용하겠다는 거냐?'

그런 그들이 노리는 대상은 수진이다.

수진이는 아직 미성년자이고, 누가 키울지도 결정되지 않았다.

'이런 개 같은 새끼들.'

일단 수진이가 저쪽으로 가게 되면 수진이의 양육비는 안 줘도 된다.

이제는 자신들이 키우기 때문이다.

그리고 수진이 역시 피해자로서 피해 보상을 받을 수 있다. 사망자의 경우보다는 적겠지만 결코 적은 돈은 아닐 것이다.

'문제는 정서범이겠지.'

아니, 사실 그런 게 문제가 아니다.

그건 돈 문제일 뿐이고, 포기하면 그만이다.

문제는 정서범이다.

그는 독한 사람이 못 된다.

수진이가 저쪽 집으로 가게 된다면 지금 하고 있는 상대방에 대한 무차별적인 공격은 못 하게 된다.

집을 빼앗는다는 것은 정수진 역시 길거리로 쫓겨난다는 뜻이기 때문이다.

'무서운 년.'

천연덕스럽게 정수진의 손을 쓰다듬으면서 마치 선한 어머니처럼 눈물을 흘리는 조현아.

"수진아, 그동안 고생이 많았어. 이제 엄마랑 살자. 고생 안 하게 해 줄게."

"……."

"수진아…… 언니가 없다고 걱정하지 마. 내가 알아서 챙겨 줄 테니까. 이 엄마만 믿고. 알았지?"

가짜 눈물까지 흘려 가면서 정수진을 설득하는 조현아.

그리고 어쩔 줄 몰라 하는 정서범.

"아직 이야기 안 한 겁니까?"

"네…… 아직…….."

"큭…….."

이제 와서 조현아가 무슨 짓을 했는지 말하는 것도 웃기게 되었다.

물론 그걸 말하는 것은 어려운 일이 아니다.

하지만 그렇게 되면 수진이가 받을 충격을 어쩌란 말인가?

"엄마라……."

수진은 나지막하게 중얼거렸다.

그러자 수진이가 자신을 받아들인다고 생각한 건지 조현아가 재빨리 다가갔다.

"그래, 수진아. 엄마야. 이제 엄마가 널 챙겨 줄게."

"누가 누구보고 엄마래? 당신은 내가 누군지도 모르잖아."

"뭐?"

수진의 말에 무슨 소리인지 몰라 하는 얼굴이 되는 조현아.

"내가 수진이로 보여?"

"아니, 이게 무슨 소리야?"

노형진은 무슨 공포 영화도 아니고, '내가 수진이라 보여?'라고 반문하는 정수진을 어리둥절한 시선으로 바라보았다.

"왜 그러니? 설마 우리 수진이, 머리를 다친 거야?"

"수진이라고 부르지 말라고. 당신은 내 엄마가 아니니까."

"수진아."

"수진이가 아니라고, 이 썅년아!"

갑작스러운 말에 안에 있던 사람들은 다들 깜짝 놀랐다. 어린 여자애가 그런 말을 할 거라고는 생각도 못 했던 것이다.

간호사들이나 다른 환자들도 말이다.

"수…… 수진아?"

끝까지 이해하지 못하고 어리둥절한 시선이 되는 조현아의 가족들.

"그게 무슨……."

노형진은 정수진의 말을 이해하기 위해 머리를 굴리다가 침대에 묶여 있는 표찰을 발견했다.

그리고 자신도 모르게 중얼거렸다.

"정수아?"

"뭐? 정수아?"

"수아라고?"

조현아는 깜짝 놀랐다.

정수아라니.

"설마…… 죽은 줄 알았던 정수아?"

노형진은 그제야 상황이 이해되었다.

정수진과 정수아는 쌍둥이다. 그리고 어째서인지는 모르겠지만 사망자와 부상자가 바뀌었다.

죽은 건 정수진이고 살아남은 것은 정수아였던 것이다.

"아빠는 내가 일어나자마자 내가 수아인 거 알았어! 그런데 당신은 들어와서 울고불고 난리는 치면서 정작 내가 누구인지도 모르더라. 아예 저기 떡하니 이름표가 붙어 있는데 그건 확인도 안 하더라. 누가 살든 상관없다는 거 아냐?"

"그…… 그게 아니야, 수진아. 아니, 수아야."

"내가 바보인 줄 알아? 돈 없다고 집 나간 건 당신이잖아?

그런데 이제 와서 같이 살자고? 그것도 자기 딸이 누군지도 모르고, 확인해 볼 생각도 안 하는 여자하고?"

"그게…….."

"꺼져."

"수아야."

"꺼지라고!"

마구 화를 내는 정수아.

노형진은 그들에게 다가가서 고개를 까닥했다.

"꺼질래요? 아니면 경찰 부를까요?"

"이이익…….."

화가 나서 부들부들 떠는 조현아.

그러나 그녀는 할 수 있는 게 없었다. 사정을 대충 눈치챈 간호사들이 전화기를 들어서 경찰을 불렀기 때문이다.

"큭…….."

결국 어쩔 수 없이 병원 바깥으로 나가는 조현아와 그 가족들.

"미친년."

노형진은 절로 욕이 나왔다.

이 순간조차 그녀는 딸을 자신의 도구로 볼 뿐이었다.

"수아야…….."

"아빠…….."

"미안하다…… 수아야."

정서범은 수아의 앞에서 무릎을 꿇고 눈물을 흘리기 시작했다.

"이 아비가 못나서…… 너한테 이런 몹쓸 꼴을 보이는구나. 애초에 포기했다면…… 그랬다면…… 너희들이 이렇게 되지도 않았을 텐데…… 흑흑흑."

그랬다면 아이들은 유복한 환경에서 자랐을 것이다.

그랬다면 국내와 해외로 가는 여행지 선택에서 해외를 선택할 수도 있었을 테고, 그랬다면 수진이도 죽지 않았을지도 모른다.

"이 못난 아비 때문에…… 나 때문에…… 나 때문에……."

말을 잇지 못하고 눈물을 뚝뚝 흘리는 정서범.

정수아는 힘겹게 침대에서 내려와서 그런 정서범을 안았다.

"으아아앙……."

"미안하다…… 미안해……."

눈물을 흘리면서 울부짖는 부녀를 보면서 노형진은 눈물을 감추기 위해 고개를 돌릴 수밖에 없었다.

'젠장…….'

이 모든 일이 부모 같지도 않은 부모의 욕심 때문에 생긴 것이었다.

'빌어먹을…….'

노형진은 흘러내리는 눈물을 감추기 위해 천장을 바라보면서 애써 눈물을 삼켰다.

"자기야! 나, 자기 아니면 안 돼! 제발 한 번만 용서해 줘."

뻔뻔하다고 해야 하나?

아니면 미친년이라고 해야 하나.

재판은 끝났다.

조현아의 가족은 사실상 파멸했다.

조현아는 수억의 배상금을 내야 하고, 그녀의 가족은 돈을 토해 냄과 동시에 그에 상응하는 배상금을 내야 한다.

자신들의 욕심 때문에 딸과 손녀까지 버렸던 녀석들에게 어울리는 최후였다.

"지독한 년."

노형진은 재판이 끝난 후 울고불고 몸부림치면서 정서범에게 매달리는 조현아를 보고 기가 막히다는 듯 말했다.

"우리가 잘못했네!"

"매형, 한 번만 봐줘요!"

"우리가 우리만 잘살자고 그랬겠나! 그게 다 수진이, 아니 수아를 위해 재산을 모으려고 그런 거지!"

천연덕스럽게 정서범에게 매달리는 가족들.

이제 재판에서 졌으니 방법이 없다는 것을 알아차린 것이다.

'그리고 정서범의 약한 마음을 이용하려고 하는 것이겠지.'

노형진은 이를 빠드득 갈았다.

인간의 탈을 쓰고도, 저들의 뻔뻔한 행위는 도무지 끝이 없었다.

"진짜 보자 보자 하니까."

노형진이 발끈해서 나서려는 그때였다.

"노 변호사님, 진정하세요. 이게 다 제 업보 때문입니다."

"네?"

도리어 노형진을 말리는 정서범. 그의 얼굴에는 굳은 결심이 서려 있었다.

그리고 그걸 본 노형진은 기가 막혔다.

'이거 병신 아냐?'

이 상황에서조차 용서하려고 한다는 생각에 노형진이 그에게도 한마디 하려고 하는 그 순간.

"전에 제가 번 돈이 임플란트 하기에는 충분한 돈이라고 했지요?"

"네? 아니, 웬 임플란트를……."

"가능한가요?"

"합니다."

"그러면…… 전 노 변호사님만 믿겠습니다."

"그게 무슨……."

노형진이 채 이해하지도 못하고 어리둥절해 있는 순간, 정서범이 몸을 돌렸다.

그리고 자신의 눈앞에 있는 조현아를 향해서 전력으로 주먹을 휘둘렀다.

빠악!

"꺄아악!"

얼마나 강하게 후려쳤는지 '빠악' 하는 소리가 법원 내부
가득 울려 퍼졌다.

그리고 모두의 시선이 향한 그곳에는, 이빨 세 개가 허공
을 가르면서 날아가고 있었다.

"허."

생각지도 못한 공격에 팽그르르 돌면서 바닥에 나뒹구는
조현아.

정서범은 멈추지 않고 그대로 다른 세 명에게 달려들었다.

빠악!

"크아악!"

한번 주먹을 내지를 때마다 허공을 날아가는 하얀 이빨들.

정확하게 원 펀치, 스리 강냉이.

'하긴…… 생각해 보면…….'

평생을 노가다를 뛴 그다.

더군다나 나무를 깎고 그걸로 뭔가를 만드는 목수다.

그런 그에게 힘이 없을 리 없다.

그러니 그가 작심하고 휘두른 주먹이 얼마나 무섭겠는가.

'아까 뒤를 부탁한다는 것은…….'

자신이 지랄 한번 할 테니 형사사건을 부탁한다는 뜻이었

던 것이다.

"아저씨, 진정하세요!"

"놔! 놔! 저 새끼들, 죽여 버릴 거야!"

길길이 날뛰는 정서범.

그리고 그런 그를 말리는 주변의 사람들.

그에게 맞을 거라 생각하지 못했던 네 사람은 바닥에 떨어진 자신의 이빨들을 보면서 멍하니 주저앉아 있었다.

만만하게 보던 사람에게 공격당한 것이 상당히 충격적이었던 모양이다.

"죽여 버릴 거야!"

길길이 날뛰는 정서범을 보는 노형진의 머릿속은 참으로 복잡해졌다.

"이걸 어쩐다?"

"뭘 어떻게 해? 전력을 다해서 꺼내 줘야지."

노형진이 자신도 모르게 중얼거리자 옆에 있던 손채림이 대답했다.

"그렇겠지?"

그들이 한 짓거리와 기록을 가지고 변론한다면 최소한 실형은 안 나올 것이다.

그러니 노형진은 전력을 다할 생각이었다.

"하지만 말이야."

"응?"

손채림은 피식 웃었다.

"10년 묵은 체증이 쑤욱 내려가는 것 같네, 아주."

"동감. 완전 사이다네, 사이다."

노형진은 자신의 부러진 이를 들고 도망가는 그들을 보면서 속이 뻥 뚫리는 느낌이었다.

다음 권으로 이어집니다

# 200평 초대형 24시 만화방

| | |
|---|---|
| 수면실<br>(침대식) | 사우나석 |
| 다인석 | 샤워실 |
| 세탁기 | 신간100% |

## 📖 수원 인계동점

● 나혜석거리　　　● 농협

● CGV　　● 수원시청역 ⑧

무비 사거리

소주한잔<br>건물<br>24시 만화방 3F

● 홍콩반점　　● 홈플러스

TEL : 031-226-3771
수원시 팔달구 인계동 1041-11 3층 24시 만화방

## 📖 의정부점

의정부역 ④<br>⑤　　　　흥선지하도

◀서울방향

진성약국　　　던킨도넛츠

24시 만화방<br>3F

TEL : 031-856-3971
경기도 의정부시 의정부동 197-13 3층

## 📖 주안점

주안<br>남부역

◀제물포　　민병철<br>어학원　　간석동▶

25시 만화방 6F

TEL : 032-426-2871
인천광역시 주안남부역 지하상가 4번 출구 GS25시 건물 6층

## 📖 안양점

● 안양역　　육<br>교

◀관악역　　　　　　명학역▶

● 농협

24시 만화방<br>2F<br>안양일번가

TEL : 031-466-3771
경기도 안양시 안양동 674-163 조이당구장건물 2층

# 너의 미래가 보여

ROK MODERN FANTASY STORY

**정성민 현대 판타지 장편소설**

## 비글 같은 걸 그룹부터 할리우드 연기자까지
## 금 손 매니저의 전설이 시작된다!

우정만 믿고 매니지먼트사에 투자를 한 강현우!
투자한 회사는 문 닫기 직전에,
교통사고 후유증으로는 이상한 게 보이는데……

알고 보니, 그것은…… **연예계의 미래!**

미래가 보이는 능력으로
망해 가는 회사를 살리고자 매니저가 되다!

## 언론 플레이는 기본!
## 꼼수가 판치는 치열한 연예계에서 살아남아
## 최고의 연예 기획사를 만들어라!

# 의술의 탑

### 한산이가 현대 판타지 장편소설
ROK MODERN FANTASY STORY

## 플레밍, 슈바이처, 히포크라테스
## 그들보다 위대한 의사가 될 수 있다!

머리가 좋다. 공부도 좋아한다. 하지만……
메스만 쥐면 머릿속이 하얘지는 새가슴 레지던트 태석
올해도 안 되면 외과의 꿈은 포기해야 하는 신세
그런 그의 앞에 나타난 낯선 사내!

"자네는 탑을 오를 자격이 있어. 도전해 보게."
"대가는 없네. 기억을 잃는 정도?"

-보상으로 '침착 Lv. 1'이 주어집니다.

## 게임 스킬과 노력광이 만나
## 상상 속 모든 의술을 행하다!

ROK
MEDIA

# 에이스 카드

박경원 스포츠 장편소설

## 인생이 걸린 '뽑기' 한판!
## 사행성(?) 게임이 이렇게 몸에 좋습니다!

정신적 불안정으로 마운드를 뺏길 위기에 처한
좌완 파이어볼러 투수 한태준
그가 도와준 어린아이가 두고 사라진 신비한 상자
그 상자에 쓰인 이름은…… 에이스 카드!

**[지금 카드를 픽업Pick up하시겠습니까?]**

카드명 : 노오력의 보상(REWARD OF EFFOOOORT)
카드 등급 : ★★★★
효력 범위 : 영속성
카드 효과 : 이제 연습 때와 동일한 실력으로 어디서든 던질 수 있습니다.

## 애물단지에서 에이스로!
## 에이스 카드 덱이 운명을 바꾸다!

ROK
MEDIA
로크미디어

ROK HISTORY FANTASY
수어재 대체역사 소설

수색 조선

꼴통들이 회귀하면 뭔가 다르다!
현대로 돌아가는 김에 세계 정복까지?
『수색 조선』

뜬금없는 오행진의 발동에 휘말려
조선 시대에 떨어진 수색대
현대로 돌아가려고 발품을 팔아 보니
21년 뒤에나 가능하다는데?

"기다린다.
기다려서, 우릴 이렇게 만든 놈들을 조져 버린다!"

주술사가 태어나기까지 앞으로 21년,
조선에 대변혁의 바람이 몰아친다!